잠과 시

잠과

시

고요하고 습한 어둠 속에서　　　　　　04:20:00
문득 눈을 뜨는 시간

차례

산문

언제나

목이 잘린 새를 보고 있다. 새의 몸통을 보고 있다. 주위로 한 움큼씩 빠진 새의 털이 여기저기 나뒹굴고 있다. 나는 새 앞에 서서 걸음을 옮기지 않고 비둘기였을 새를 보고 있다. 비둘기목 비둘기과의 총칭. 바깥에서 흔히 보는 집비둘기. 비둘기의 죽음과 새의 죽음이 다르게 느껴진다. 비둘기는 새가 아닐 수 없는데.

지나온 시간에서라면 서둘러 집으로 돌아가 쓰레기 종량제 봉투를 가지고 나와서 봉투에 새의 몸통을 담았을 거다. 지금은 가만히 서서 새를 치

우지 않는다. 죽은 새가 훼손되지 않고 그대로 썩
길 바라던 그 시간을 통과한 것일까. 아니면 내 안
에서 드디어 새가 죽은 것인가. 이런 게 텍스트적
죽음일까. 죽은 새는 내 안에서 그저 자고 있는 상
태였나. 새는 정신적으로 살아 있었던 건가. 글을
쓰면서 아무렇게나 죽어 있는 새에 대한 연민이
사라진 것인가. 나는 비둘기의 몸통이 징그럽지 않
은가.

*

　면허를 따자마자 차를 샀고 운전 연수를 받
았다. 운전 연수 선생님은 키가 무척 큰 여자였고
늘 등산복을 입고 있었다. 차 안에 나란히 앉아 선
생님이 무심하게 들려주는 운전 경험과 주의사항
을 잔뜩 긴장한 채로 집중해 들었다.
　국도나 고속도로 달릴 때 갑자기 들개가 뛰
어들잖아요. 그럼 피하지 말고 그냥 치세요. 나도
시츄랑 같이 사는 강아지 엄마예요. 어쩔 수 없어

요. 뛰어들었고, 명이 거기까지인 거예요. 급브레이크 밟거나 무리해서 핸들 꺾으면 큰 사고 나요. 한 집 안의 선량한 가장을 죽게 하는 수가 있어요.

네.

알았다고 대답했던가. 어떤 말에든 네, 하고 대답했겠지. 알았다고 하다니. 들개나 고양이가 차에 뛰어들면 치겠다고 하다니. 산을 가로질러 만든 '야생동물 출몰주의' 구간을 지나칠 때마다 속력을 급격히 낮추면서, 그날 운전 연수 선생님이 했던 말을 생각했다. 바퀴로 무심코 밟고 지나쳤을지 모르는 죽은 야생동물을 상상했다.

며칠 전, 아침 출근길 도로 위에서 까마귀 두 마리가 날개를 펼치고 수직으로 날아오르는 장면을 보았다. 까마귀 두 마리가 황급히 발을 뗀 곳에는 고양이 사체가 있었다. 자세히 보진 않았지만 갈색, 검정색, 회색 털이 섞인 무늬가 삼색 고양이같았다. 찢긴 고양이의 몸은 피로 뒤덮여 있었다. 차를 멈추지 않고 그대로 그 풍경을 지나쳐 달렸다.

*

내가 일하고 있는 건물은 산 중턱쯤에 있다. 건물 옆으로 난 샛길을 따라 산책할 때마다 들개를 보았다. 내가 본 들개는 한 마리씩 다녔고 민가로 내려와 먹을 것을 찾곤 했다. 들개는 사람과 차를 피해 다녔으며 늘 겁에 질려 있었다. 어떤 들개는 쓰레기 하차장에서 쓰레기 뜯어먹는 까마귀 떼를 피해 구석에서 종량제 봉투 속 무언가를 허겁지겁 먹고 있었다. 들개는 경계를 늦추는 법이 없었다. 산길 곳곳에는 들개 출몰 위험을 알리는 표지판이 있었다. 나는 삐쩍 마른 그 들개가 사라질 때까지 눈을 마주치지 않으려 애쓰며 지켜보았다.

어느 날, 산 중턱으로 올라가는 버스 안에서 여느 때와 같이 창밖을 내다보았다. 앙상한 가지의 나무들 사이로 낙엽이 쌓여 있는 게 어쩐지 따뜻해 보였다. 그때 새끼 강아지가 나뭇잎 사이로 코를 넣었다 뺐다하며 총총 걸어다니는 모습이 눈에 들어왔다. 들개의 새끼였다. 강아지 주변을 둘러보았다. 어미 개가 보이지 않았다.

태워지길 기다리는 쓰레기봉투 속 동물들. 그리고 발 플럼우드의 무덤. 종이로 만든 관에 매장된 그의 몸. 돌로 뒤덮인 묘. 침대에 누워 아침에 보았던 새끼 강아지를 떠올린다. 그리고 발 플럼우드의 무덤을 떠올린다. 어미 개가 내가 보지 못한 어떤 곳에서 새끼 강아지를 지켜보고 있었을 것이다. 땅속 곤충의 먹이가 되기로 한 발 플럼우드. 어미 개를 놓친 새끼 강아지가 낙엽 사이에서 동사하는 일은 없을 것이다. 차에 뛰어들지도 않을 것이다. 쓰레기가 되어 썩는 일은 한동안 일어나지 않을 것이다. 곤충의 먹이로 돌아가는 일은 한동안 일어나지 않을 것이다.

걱정과 단념, 믿음과 불안, 기도와 희망으로 뒤섞인 잠에 들었다. 자는 동안 딱히 별일은 없었다. 기억나는 꿈 없이 얕은 잠을 잤다. 그리고 지금, 목이 잘려 나가고 없는, 한때 비둘기라 불리던 동

11

물의 사체 앞에 서 있다. 죽은 비둘기 앞에 서 있다.
자는 동안 지난 시간을 통과하고 몸통만 남은 새
앞에 서 있다.

　　잠이 시간을 처리한다. 잠은 시간을 분해하
여 기억으로 만든다. 잠은 글쓰기에서 기억의 생산
과 소비의 경계를 없애고 순환시키는 역할을 한다.
잠자기에 골몰하면서 나는 글쓰기가 짓기와 부수
기의 동시다발적 행위일 수 있다는 것을 알게 되
었다. 그렇게 잠과 글쓰기는 살아 있는 것들에게
성장과 회복의 공간이 되어 준다. 그리고 어쩌면
잠이라는 행위가 공간이 되게 하는 방식으로 살아
있는 것은 죽은 것을 위하는지도 모르겠다. 잠은
언제나 살아 있는 것들의 고유한 행위이고 동시에
수없이 이동하고 머무르는 공간이다.

　　내가 뙤약볕에 지쳐 나무 그늘에 앉아 눈을
감고 휴식을 취하고 있다. 이내 잠이 든다. 자는 동
안 열기가 식는다. 그리고 자는 동안 한 사람의 죽

음을 지켜본다. 몸의 시간이 소멸하는 그에게서 영혼을 찾는다. 썩어가는 그의 몸을 뒤적인다. 나뭇가지로 그의 몸을 휘젓는다. 영혼은 죽은 자의 것이 아니다. 영혼은 영혼을 마주하며 살아 있는 타인의 것이다. 나는 눈을 뜬다. 그는 훼손되지 않았다. 잠으로 시간을 통과하여 건너온 지금, 나는 여기 있다.

지금 일어나고 있는, 벌어진 모든 풍경 속에, 모든 장면으로 남아 있다.

생전의 유언에 따라 종이 관에 몸을 매장하고 돌로 덮은 숭고한 묘를 떠올린다. 쓰레기봉투 속에서 썩어가다 흔적 없이 타버릴 동물의 몸을 생각한다. 묘지가 살아 있는 사람들에게 격리된 장소가 아닌 산책길에서 흔히 볼 수 있는 나무나 꽃처럼 가까이에서 결합된 장소로 기능하길 원했던 발 플럼우드. 그는 그의 바람대로 매장되어 자연의 먹이로 돌아갔다. 모르겠다. 목이 잘리고 길가에 아무렇게나 죽어 있는 비둘기의 몸은 어떻게 사라

져야 할까. 나는 도대체 무엇을 가리켜 숭고하다고
하는 것일까. 길고양이의 놀잇감으로 이리저리 뒹
굴다 먹잇감이 되어 목이 잘려나간 건 어떤가. 숭
고할 필요 없는가.

방금 본 장면을 그대로 두고 발길을 돌린다.
몸통이 치워지고 며칠이 지나도록 그 자리에 털이
남아 있다.

집 산책

이불을 젖히니 갈색 담요 표면에 벼룩 두 마리가 기어다니고 있었다. 어젯밤 꿈에서. 벼룩 두 마리가 털 사이사이를 돌아다니는 모습을 바라보다가 잠에서 깼다. 나는 이불이나 입고 있는 옷가지를 내가 혹은 다른 사람이 들추는 꿈을 자주 꾼다. 그런 꿈을 꾼 날은 눈을 뜬 다음에도 꿈의 여운에 사로잡혀 기분이 바닥까지 가라앉게 내버려둔다. 나의 불안이 어디에 있는지 알아버렸으니 받아들이는 수밖에.

갈색 담요는 엄마가 결혼할 때 혼수로 해온

것인데 30년 가까이 갖고 있다가 몇 해 전에 버렸다. 따뜻하지 않고 무겁기만 한 갈색 담요를 나는 무척 좋아했다. 겨울이면 언제나 방바닥이나 침대에 깔아놓았다. 무궁화 무늬가 검고 크게 수놓아져 있고 보기에는 보드라워 보이지만 만지면 꺼칠꺼칠한 담요였다. 엄마는 무엇이든 오래 사용하고 잘 버리지 않았다.

　　엄마의 모습을 떠올리면 오늘 본 엄마가 아니라 파마머리를 길게 늘어뜨린 젊은 엄마가 떠오른다. 내가 떠올리는 엄마는 아마 지금의 내 나이쯤 되었을 것이다. 그때 엄마는 잘 웃지 않았다. 어딘가 우울해보였다. 할아버지와 삼촌, 고모까지 한집에서 같이 살았던 엄마의 신혼 시절을 생각하면 아찔하다. 거짓말 조금 보태서 천 번씩이나 들었던 엄마의 신세 한탄보다 엄마의 젊은 날이 더 아찔하고 대단하게 느껴지는 건 내가 이제 그 나이가 되었기 때문이다. 조카 서윤이가 태어나고 엄마는 할머니가 되었다. 완경된 지는 십 년이 넘었다. 대학교를 갓 졸업한 사회 초년생인 나와 완경기에 접어

든 엄마. 십 년 전 우린 정말 굉장했다. 모녀지간의 다툼을 넘어 여자 대 여자로 치열하게 싸웠다.

나는 엄마 것이 아니야.

싫다고 어떻게 할 수 있는 사이니. 너는 엄마 딸이야.

엄마가 나를 싫어해, 내가 아니라.

언젠가 속옷을 사러 마트에 가서 엄마한테 전화를 걸어 내 사이즈를 물어보니, 점원이 눈을 동그랗게 뜨고 나를 쳐다보았다. 엄마는, 다음에 엄마랑 같이 가자고. 나는 스물 아홉까지 속옷을 내 손으로 사본 적이 없었다. 문예창작과에 다니면서 노트북은커녕 개인 데스크톱 컴퓨터도 없었다. 동생 방에 있는 공용 컴퓨터로 과제를 하고 글을 썼다. 개인 노트북을 산 것도 스물 아홉. 집과 학교의 안전한 울타리 안에서 천방지축으로 지내다 나간 사회에서, 나는 너무 이상한 사람이었다. 내가 너무 이상한 것 같았다. 이십 대의 나는 대체 뭐였을까. 느리고 겁 많고 목이 긴 물속의 자라. 물속 모래에

숨어 지내다가 가끔 물 밖으로 콧구멍을 내미는.

초경 안 한 사람 손 들어.

내가 다녔던 여자중학교에서는 초경 시작 여
부를 손 들어 확인했다. 삼백여 명의 중학교 2학년
학생 중에서 가장 마지막까지 손을 든 게 나였다.
초경이 늦는 애가 두 명 더 있었는데 걔들이 나보
다 한 열흘 정도 먼저 시작했다. 나만 안 한다는 사
실을 알았을 때 내가 임신한 건 아닌지 머리가 새
하얘져 기억을 더듬어 보았다. 친구들이 장난으로
임신한 거 아니냐는 소리를 했었는데 처음에는 웃
어넘겼던 그 말이 점점 사실이 되어 다가오는 것
같았다. 내가 마리아도 아니고 어떻게 임신을 할
수가 있겠어. 초경을 안 했는데. 아니었고 중학교 3
학년으로 올라가는 봄방학에 초경을 시작했다. 그
날 우리집 저녁상에 미역국이 올라왔다.

술 한 잔 마시지 않고도 취한 것처럼 친구들
을 붙잡고 나는 어려 늙었다고, 젊음이 없는 상태

로 어려 늙은 사람이라는 말을 자주해 왔다. 그리고 타인이 다녀간 적 없고 아무도 오지 않는 내 몸에서 내가 어려 늙은 상태로 살고 있는 줄 알았다. 그런데 엄마랑 다시 같이 살고부터 나의 젊음을 느낀다. 칠 년의 자취 생활을 접고 본가로 들어온 지 삼 년째. 엄마가 함께 지내는 내내 아팠다. 엄마가 쇠약해져 가는 게 눈에 보였다. 완경기에 접어들면서 엄마의 몸은 눈에 띄게 안 좋아졌다. 불면증 또한 더 심해졌다. 나는 내 것이지 엄마 소유가 아니라고 바락바락 소유권을 주장할 때 엄마는, 엄마의 몸은 녹슬어 무너질 준비를 하고 있었다.

엄마가 입원하기 전날 끓여놓은 김치찌개가 일주일째 냉장고에 방치되어 있다. 엄마가 퇴원하기 전에 먹어 없애야 하는데. 날이 너무 덥다. 간밤에는 잘 자던 반려견 현주가 보이지 않아 방 밖으로 나가보니 엄마 방 앞에서 빈 침대를 보고 있었다.

엄마 없어.

현주를 안아 들고 어둠에 잠긴 집을 잠깐 산책했다. 집 산책은 현주한테 배운 재미난 놀이 중

하나다. 없다는 건 이상한 일이다, 그치. 같이 집 산
책을 하면서 문득 개의 기다림이 무엇인지 알 것
같았다.

*

엄마는 집 안에서 강아지를 키워본 적도 없
으면서 나보다 훨씬 강아지를 잘 다루었다. 엄마의
손길에는 애정이 묻어났고 현주가 아프거나 죽을
까 봐 겁나는 듯 조심스러웠다. 엄마는 우리 삼 남
매를 키우면서 자주 무서웠던 것이다. 도와주는 사
람 하나 없이 아이 셋을 키우는 일. 엄마와 현주를
동시에 생각하면 행복하고 슬프고, 사랑하는 감정
이 든다. 엄마가 현주를 예뻐하는 방식은 마냥 애
틋하지만, 처음에는 심란하기도 했다. 엄마는 현주
를 '인간 아기'라고 여기는 것 같다. 언젠가 반려견
훈련사를 따라해보려고 현주 앞에 간식을 놓고 기
다리게 했더니 엄마가 나를 혼냈다. 먹는 걸 애 앞
에 두고 왜 기다리게 하냐며 나무랐다. 현주가 엄

마보다 먼저 죽을 텐데. 엄마가 아이를 잃는 슬픔을 겪는 건 아닌지 걱정되었다. 현주랑 집에 들어온 걸 후회하기도 했다. 그렇지만 아직 일어나지 않은 일에 대해선 걱정하지 않기로 했다. 지금 엄마와 현주는 그저 순하기만 하다. 엄마와 현주는 닮았다. 엄마와 현주는 생리를 하지 않는다. 현주는 초경을 하고 나서 바로 중성화 수술을 했다. 현주가 중성화 수술을 한 날 나는 밑간을 하지 않은 황태국을 끓였다.

*

식탁에 둘러앉은 저녁 식사 시간, 엄마가 현주를 쳐다본다. 나는 사람이 먹는 것은 절대 주지 않는다. 현주가 달라고 조른다. 엄마는 구운 삼겹살에서 살코기만 떼어서 현주에게 준다. 현주는 엄마 옆에 앉고 싶어 한다. 엄마 앞에서 마음껏 아기처럼 구는 현주.

나와 현주는 엄마 방에 놀러가는 걸 좋아한

다. 엄마 방은 이제 할머니 방 같다. 오래된 화장대, 낡은 서랍장, 화면이 어두운 텔레비전, 건식 족욕기, 벤자민 화분이 있다. 엄마 침대에 깔린 노란색 퀼팅 이불을 만지면 마음이 편안해진다. 우리 셋은 침대에 앉아서 텔레비전을 보며 얘기를 나눈다. 현주는 엄마와 나 사이에 앉기를 좋아한다. 엄마는 주로 아빠 욕을 하고 나는 늦지 않았으니 이혼하라고 대답한다. 내가 이혼 얘기를 꺼내면 어떤 날은 할 거라고 하고, 어떤 날에는 웃어넘기고, 어떤 날은 아빠 욕을 멈춘다. 그러고는 현주를 쓰다듬으며, 우리 이쁜 강아지. 조카가 커가는 모습을 보고 왜 할머니, 할아버지가 손주에게 강아지라고 부르는지 알게 되었다. 올해 네 살인 조카는 세 살까지 너무나 강아지 같았다. 새끼들은 다 이쁜 법이다. 그래도 새끼 중에선 사람 새끼가 제일 이쁘다. 내 강아지 현주.

우리는 자기 전에 엄마 방에 간다. 엄마 침대에 앉아서 이야기를 나눈다. 우리는 각자의 시간에서 함께 늙어간다.

밤마다

베개를 들고 서 있는 내 모습을 보고 j는 어깨를 축 늘어뜨렸다.

몇 살이야.

그때 집을 뛰쳐나오면서, 가출을 하면서, 도대체 왜 베개를 들고 나왔는지 전혀 모르겠다. 게다가 그것은 애착 베개가 아니었다. 무언가를 사고 사은품으로 받은 어린이용 베개였고 가족들이 쿠션 대용으로 아무렇게나 쓰던 것이었다. 밖에서는 잠을 잘 못 자니까 마음 붙일 무언가가 필요했던

걸로 결론을 지어본다. 아파트 현관을 빠져나오면서 7층 우리집을 마지막으로 올려다보았다. 엄마가 주방 창가에 서서 나를 쳐다보고 있었다. 엄마는 하루 종일 방에서 나오지 않는 스물여섯 먹은 딸이 갑자기 집을 뛰쳐나갈 때 다급히 한 번 불렀을 뿐 따라오진 않았다. 다만, 내가 멀어지는 모습을 계속 지켜보고 있었다.

지하철에 타자마자 며칠 재워줄 수 있는 친구에게 연락을 했다. j는 중학교 친구로, 당시 종합병원에서 약사로 일하고 있었다. 나이트 근무로 지금 출근 중이니 병원 앞으로 오라는 연락을 받고 친구가 일하는 병원 앞으로 갔다. 베개를 들고. 지하철을 타고 가는 한 시간 내내 울었던 탓인지 나를 보고도 j는 웃지 않았다.

집에 가 있을래?

남의 집에 혼자 있는 건 좀 그래.

그럼, 병원 근처에 있어. 밤에 연락해.

혼자 카페에서 두 시간쯤 시간을 떼우다 j에

게 연락했다. 병원 로비에서 j를 만나 그를 따라 엘리베이터를 타고 지하로 내려갔다. 종합병원의 약국은 지하에 있었다. j는 그곳에서 의사의 처방대로 약을 조제해 캡슐에 담고 병동과 응급실로 쏘아 올리는 일을 하고 있었다. 나는 지하 약국 한 편의 작은 평상에 다리를 뻗고 앉아서 내부를 관찰했다. 갖고 온 베개로 허리를 받치고. 주위에는 업무용 컴퓨터 한 대와 매일 재고 파악을 해야 하는 마약성 진통제가 쌓여 있었다. 말기 암 환자에게 처방하는 약이라고 했다. j는 먹는 약보다 피부에 붙이는 첩부제 약물이 효과가 빠르다는 말을 덧붙였다.

외부인 출입금지인 그곳에서 아무것도 만지지 않고 몸을 함부로 움직이지도 않으며 가만히 벽에 기대 있었다. 잠이 오지 않았다. j는 병원에서 주 3일 야간 근무를 했고 아침 10시가 되어야 퇴근할 수 있었다. j가 업무용 컴퓨터 앞으로 다가와 모니터 전원을 켰다. 나도 같이 컴퓨터 모니터를 들여다보았다. 응급실에 실려 오는, 이름은 없고 성별과 나이가 표기된 환자들의 상해 내용이 실시간으로 업데이트되고 있었다. 모니터를 짚으며 j는

　　자살 시도 환자야. 이 환자도. 유명인이 죽은 날에는 응급실에 자리가 없어.

　　밤마다 혼자 이 화면을 보고 있는 거야?

　　그렇지.

　　택시를 타고 j의 오피스텔로 가면서 우리는 말을 거의 하지 않았다. j는 좀 지쳐 보였다. 오피스텔에 도착해서 씻고 복층으로 올라가 기절하듯 잠을 잤다. 별로 못 잔 것 같은데 드라이기 작동 소리가 들렸다. j가 일어나 씻고 머리를 말리고 있었다. 약대를 졸업한 j는 의사의 처방대로 약을 파는 일을 너무 싫어했다. 의사가 시키는 대로 하는 것 외에 할 수 있는 게 없다고. 그래서 j는 스웨덴에 있는 대학에서 공부를 더 하려고 유학 준비를 하고 있었다. 머리를 다 말린 j가 핸드폰으로 오바마 연설을 틀어 놓고 A4용지 뭉치를 넘기는 모습을 쳐다보았다.

네가 텔레비전에 나오는 훌륭한 사람이구나.

안 피곤하니.

그럼 어떡해. 시간은 없고. 학비가 천만 원이 넘는다.

오바마 연설문을 마저 읽던 j는 더 자라는 말을 하고 학원으로 향했다. 나는 더 자다가 배가 고파 오피스텔 바깥으로 나왔다. 조금 걷다 보니 개천이 있어, 개천을 따라 걷다가 김밥을 사 먹고 j의 오피스텔 근처에 사는 아는 언니한테 연락을 했다. 언니는 마침 개천 근처의 bar에서 일을 하고 있었다. 밤에 놀러 오라고. 나는 밤에 놀기 위해 조금 더 자두려고 j의 오피스텔로 돌아갔다. 밤에 할 일이 생긴 게 좋아 신나게 비밀번호를 누르고 문을 열어젖혔다.

그런데,

j가 울고 있었다. 바닥에 누워. 눈물을 주룩주룩 쏟고 있었다.

그다음은,

놀라서 뛰어 들어갔고. j를 일으켰고. j는 내

이름을 부르면서 정신없이 울었다. 술 마셨냐고 물었던 것 같고. 담배 두어 대 폈다는 대답을 들었던 것 같다. 나가서 걷자고 얘기했던가. 우리는 바닥에 앉아서 한참을 마주 보고 이어지지 않는 대화를 했다. 그러다 j에게 『새들은 페루에 가서 죽다』를 읽어보라고 권했던 것 같다. 오바마 연설문 그만 읽고 로맹 가리를 읽으라고.

당시에 나는 문학만이 삶과 사람을 치유해줄 수 있다고 믿었다. 지금도 여전히 문학의 쓸모와 아름다움은 치유에 있다고 믿는다. 치유의 기능이 문학에만 있는 줄 알았던 것이 문제라면 문제였다. 몇 년이 지난 후 학교 선배와 로맹 가리에 대해 얘기를 나눌 시간이 있었는데, 그때 j의 이야기를 들려주었다. 이과생 j가 『새들은 페루에 가서 죽다』를 탐독하던 이야기. 선배는

너 나쁘다. 행복하게 살다가 죽게 돼.

선배가 무슨 말을 하는지 알 것 같아서 깔깔대며 짓궂게 웃었다. 생의 어떤 비밀을 엿보면 좋지 않은가. j는 폭포수 같은 눈물을 흘린 이후로 한

동안 프랑스 영화에 빠져 지냈고 더 이상의 책은 읽지 않았다. 같이 있는 동안 우리는 새들이 왜 페루에 가서 죽는지 이야기했다.

페루라서 새들이 날아가 죽는 것 아닐까.
새라서 페루로 가서 죽는 것 아닐까.
페루로 가야만 하는 새가 있지.

집을 뛰쳐나올 때처럼 갑자기 j가 나이트 근무를 마치고 오피스텔로 돌아오는 시간에 맞춰 일어나 짐을 쌌다. 짐이랄 게 없었다. 개천 근처 bar에서 일하는 언니네 집으로 가려고 결정한 후였다. 언니네는 방이 세 개라 그중 한 방에서 월세를 내며 지내기로 했다. 나는 혼자 있을 방이 필요했다. j는 나를 보더니 냄비에 물을 채우고 싱크대에서 짜파게티 하나를 꺼냈다. j에게 인사를 하고 오피스텔을 나왔다. j는 말이 없었다. 내 인사를 받거나 인사를 건네지 않았다. 언니네 집에서 머무는 이틀 동안 잠을 거의 자지 못했다. j에게선 아무런 연락이 없었다. 언니에게 사과하고 다시 엄마가 있는 집으로 돌아갔다.

그 후로 j와 가끔 연락했다. j는 유학 준비를 함과 동시에 병원에서 나이트 근무를 하는 생활을 이어갔고 나는 나대로 무료한 삶에 적응해보려고 재채기를 참거나 몸에 난 털을 뽑고 술을 마시고 산책하며 지내다가, 그마저 지겨울 땐 침대에 누워 일어나고 싶어질 때까지 일어나지 않았다.

그렇게 지내다 문득 침대에서 일어나 시를 쓰고 대학원에 가겠다고 결심했을 무렵 j에게 전화가 왔다. 일 년만의 통화였다.

잘 지내?

응. 서울이야?

아니. 본가에 내려와 있어. 나, 스웨덴 학교 합격했어.

너무 잘된 일이었다. j가 고생하는 모습을 봤던지라 마음이 환해졌다.

천만 원 넘는 학비 내 힘으로 모아서 다 냈어. 근데 말이야. 안 가려고. 학비 안 돌려준대. 그래도 안 가려고.

j는 이미 결정을 내린 목소리였다. 안 가고 싶다고. 안 가도 된다고 말해달라고 했다. 나는 장난스럽게 대답했다.

너 살던 오피스텔로 와. 미쳐보자.

j가 웃었다. j는

못 가겠어. 죽으러 가는 것 같아.

그래.

응. 그래.

그래, 아직 갈 때가 아닌가 봐.

할 말이 더 생각나지 않았다. 서울 오면 보자는 인사를 끝으로 통화 종료 버튼을 눌렀다. 그 후로 j를 만나기 전에는 그날의 통화가 생각난다. 할 말이 없어서 전화를 끊었는데, 핸드폰을 붙잡고 그 자리에 한참 앉아 있었다.

비둘기와

내용이 생기기 전에 일어나야지.

나는 꿈이 싫어.

어제 만난 친구와 어제 했던 이야기를 그대로 하고 있는 장면. 마치 이미지로 생각하고 있는 상태처럼. 현실과 거의 흡사하게 여겨지지만 꿈이다. 얼른 알아채고는 꿈이 변했다고, 꿈이 현실에 가까워졌다고 생각하며 눈을 뜬다. 눈을 몇 번 깜빡이다가 다시 눈을 감고 잠에 빠져든다.

잠은 의식 활동이 쉬는 상태로, 우리는 인간

의 육체가 잠자는 시간을 카메라로 관찰하여 수면의 패턴이나 질을 설명하고는 한다. 하지만 잠은 나에게 영상으로 관찰할 수 없는 시간인 것 같다. 잠은 내게 고유하고 사적인 장소인데, 이동하는 나의 시선과 움직이는 장면을 보여주고 제한하는 것으로 꿈은 잠이 '꿈의 장소'인 것을 증명한다.

나는 아주 약간의 빛과 소음에도 잠들 수 없기에 한여름에도 방의 모든 문을 닫고 암막 커튼을 치고 잔다. 빛 한 점 없는 방에서 눈을 깜빡이면 이토록 평안하고 새카만 어둠이 때로 절망의 은유로 쓰이는 게 안타깝다. 나는 캄캄한 방에서 몸 안으로 빛이 새어 들어가지 못하게 눈을 감고 잠에 빠져든다. 나의 무의식은 이제 어딘가로 날아간다. 내가 여기 있다는 것을 알려주듯이.

무의식이 나를 데려가는 공간이 이상하리만치 고요한 나일 때가 있었다. 어딘가로 가고 있거나 움직이는 장면을 보여주는 것이 아니라 그저 나라는 현재의 장소에 가만히 머물던.

몇 년 전에 지하철역에서 우연히 c를 만나 짧게 이야기를 나눴던 적이 있다. 지하철역 출구를 잘못 알고 있던 나에게 c가 정확한 방향을 알려주느라 그와 나란히 걸었다.

너 예전에는 똘똘했다며?

저요?

응. 너 예전에는 똘똘했는데 병신이 돼서 나타났다고 하더라.

아, 그런가요. 근데 제 예전 모습 봤어요?

아니, k한테 들었어.

잠깐 머리가 멍해졌지만 아무렇지 않은 척 대답했다.

아닌데. 언제나 한결같이 병신인데.

c는 뭐가 그렇게 웃긴지 고개를 젖혀가며 웃었다. c가 나의 기죽지 않고 대드는 모습을 웃겨하는 게 더 기분이 나빴다. 빠른 걸음으로 인사도 없이 그대로 c를 벗어났다. c는 원래 말을 험하게 하는

사람이니까 k의 말을 더 안 좋게 전달했을 것이 분명했다. 그렇게 스스로 다독이고 잊어버리기로 했다. 나는 내 앞에서조차 괜찮은 척했지만 k가 정말로 *c*가 전달한 대로 말했을까봐 겁이 났다. 병신이라는 말은 안 했어도 비슷한 말은 했겠지. 다른 일에 열중했고 속상한 마음이 금방 누그러졌다.

일과를 마치고 미아역 근처의 작은 원룸으로 돌아와 씻고 누웠다. 여느 때처럼 핸드폰을 만지작거리다가 잠이 들었다. 그렇게 고요한 잠은 처음이었다. 누웠던 자세 그대로 꿈 없이 잤던 것 같다. 내가 내게로 가만히 다녀온 것 같았다. 아주 천천히 눈꺼풀을 들어 올렸다. 암막 커튼을 뚫고 들어온 빛이 방 안을 잠재우고 있었다. 눈 뜬 나를 뺀 방 안 모든 것이 잠들어 있었다. 나는 갑자기 눈물을 쏟았다. 방 안에 울음소리가 가득했다. 너무 울어서, 너무 우는 나한테 놀란 내가 있었다. 나는 언제 울었냐는 듯이 울음을 그쳤고 일어나 욕실로 들어갔다.

*

역사를 빠져나오는 길이었다. 핸드폰 액세서리 가게 옆에 새 한 마리가 몸이 굳은 채 누워 있었다. 기절한 건가. 새가 눈을 뜨고 있었다. 종달새인가. 종달새가 여기로 날아온 건가. 여기는 자연으로 착각할 만한 유리창 너머가 없는데. 종달새가 아닌가.

어제 보았던 새의 종이 궁금했는데 꿈에서 내내 곱씹었나 보다. 생각하는 꿈을 꾸면 잠에서 깬 순간부터 한나절이 지나도록 같은 생각만 한다. 인터넷 검색창에 종달새를 검색해보았다. 종달새와 비슷한 것 같았지만 종달새와 똑같진 않았다. 꾀꼬린가. 검색창에 입력하자 노란 몸통의 새 이미지가 나타났다. 꾀꼬리는 확실히 아니었다. 종달새로 확정 짓고 주방으로 가 밥을 차렸다.

집 근처 카페에 가려고 나서면서 나도 모르게 그 새가 종달새인지 아닌지 생각했다. 종달새 맞다니까. 종달새가 확실하다고 생각하는 순간 도로에 고개를 박고 피를 흘리고 있는 비둘기 한 마리를 보았다. 도로에 앉았다가 차에 치여 즉사한 것 같았다. 차 몇 대가 연달아 죽은 비둘기를 비켜 지나갔다. 털 몇 가닥이 바람에 흩날릴 뿐 비둘기는 미동이 없었다. 저항없이 고개가 처박히고 피에 젖은 날개가 바닥에 달라붙었다. 주말이라 지나다니는 차가 많았다. 바퀴가 죽은 비둘기의 몸을 뭉개고 지나갈 수도 있었다. 나는 조금 더 걸어 가까운 편의점으로 갔다.

쓰레기 종량제 봉투 제일 작은 사이즈 주세요.

앞머리가 짧고 눈이 동그란 아르바이트생이 5L 한 묶음을 계산대 아래 서랍에서 꺼내놓았다.

아, 너무 작을 것 같은데.

이게 제일 작은 사이즈예요. 10L로 드릴까요?

네, 5L도 있는지 몰랐어요.

그렇죠, 5L도 있더라고요.

10L 한 묶음을 받아 들고 묶어놓은 스티커를 떼면서 편의점을 나왔다. 도저히 손으로 집을 수가 없으니 집게가 필요해서 편의점 주위를 구석구석

살펴보았다. 마침 빗자루와 쓰레받기 옆에 기다란 집게가 있었다. 봉투 한 장만 **빼**놓고 나머지는 가방에 넣었다. 어제 역사의 마트에서 산 10L 종량제 봉투 한 묶음이 생각나 돈이 아까웠지만 어쩔 수 없었다. 집게를 들고 봉투 입구를 벌리며 비둘기가 죽어 있는 곳으로 걸어갔다.

저기요.

아르바이트생이 나를 부르며 급하게 쫓아왔다. 내가 집게를 가지고 가버리는 줄 알았던 모양이다. 나는 사과를 하고 죽은 비둘기를 가리켰다. 사용한 후에 제자리에 가져다 놓겠다고. 아르바이트생은 흩어진 앞머리를 만지며 안도했다. 처참하게 죽은 비둘기를 보고도 동요하지 않고 급하게 뛰어온 것이 멋쩍은 듯 웃는 아르바이트생이 낯설어, 편의점으로 돌아가는 그의 뒷모습을 끝까지 바라보았다.

차가 또 한 대 지나갔다. 차가 지나갈 때마다 비둘기가 밟힐까봐 마음이 급했다. **뼈가 으스러**

지고 살이 찢기기 전에 죽은 비둘기를 구해야 했다. 비둘기의 머리를 얼른 집게로 집어 인도 쪽으로 당겼다. 죽은 비둘기의 목이 쭉 늘어졌다. 죽은 비둘기의 목은 질겼고 몸통은 피에 젖어 아스팔트 도로에서 잘 떨어지지 않았다. 집게로 목을 잡고 힘주어 몸을 당겼다. 피에 젖은 비둘기의 몸통이 끌려왔다. 많이 다치지 않은 모습이 차에 치인 후 바퀴에 깔리지는 않은 것 같았다. 죽은 비둘기를 자세히 쳐다보기는 힘들었다. 비둘기가 떨어져 나간 아스팔트 포장 도로가 피로 거멓게 물들어 있었다. 죽은 비둘기의 몸통 쪽으로 집게를 깊게 넣어 들어 올렸다. 묵직했다. 입구를 미리 말아놓은 쓰레기 봉투에 비둘기를 집어넣었다. 한 번에 잘 들어가지 않아 툭툭 밀어 넣고 손으로 봉투 입구를 펴 얼른 묶었다. 여러 번 묶었다. 비둘기는 10L 봉투에 적당히 잘 맞았다. 5L는 너무 작았을 것이다. 10L가 편안하게 잘 맞는 사이즈였다. 여기가 비둘기의 평화롭고 사적인 장소라고 믿고 싶었다.

봉투를 들고 가까운 아파트 단지로 들어갔

다. 아파트 주민들이 사용하는 대형 쓰레기통에는 쓰레기로 가득 찬 종량제 봉투들이 넘치다 못해 주위에 쌓여 있었다. 일반 가정에서는 20L를 많이 쓰는 것 같았다. 아파트 경비원이나 주민이 비둘기가 든 봉투를 알아볼까봐 피가 잘 안 보이는 방향으로 고쳐 들고 대형 쓰레기통으로 걸어갔다. 쓰레기 더미에 비둘기를 놓는 것이 안타까웠지만 하는 수 없었다. 쓰레기와 쓰레기 틈새로 비둘기가 든 봉투가 잘 보이지 않게 집게를 밀어 넣었다.

그냥 한 번 억지로 씨익 웃었다. 안녕. 원래 다 그런 거야. 원래. 새를 치운 후엔 꼭 이렇게 행동했다. 자연스럽게 돌아서는 일이 좀처럼 몸에 익지 않는다. 편의점에 돌려줘야 하는 집게에 피가 묻어 있어 아파트 화단에 몇 번 문질렀다. 그래도 잘 지워지지 않길래 가방에 손을 넣어 휴지가 있는지 뒤적였다.

되어 가는 동시에 무너지는

의자에 앉지 않고 서서 음료를 마시는 사람. 카페 안의 자리는 충분하고 저 사람은 바쁜 것 같지 않다. 작은 키, 목까지 내려온 생머리, 화장기 없는 얼굴. 패딩을 입고 얼음이 가득 든 주황색 주스를 마시고 있다. 나이를 가늠할 수 없다. 얼음이 쏟아지지 않게 카페 중앙에 서서 조금씩 홀짝인다. 왜 자리에 앉지 않는 건지 묻고 싶지만 내가 힐끔대며 관찰하는 동안 음료를 거의 다 마신 그는 컵속 얼음 사이의 음료까지 빨아당기듯 마시고는 컵을 반납한다.

안녕히 계세요.

애된 목소리. 사람은 문을 열고 나가 카페 앞에 잠깐 서 있더니 천천히 어딘가로 걸어간다. 그 사람이 가고 나는 카페에 남았다. 같이 온 건 아니지만 남겨진 기분이 든다. 한참을 관찰했기 때문인가. 그는 카페라는 장소에 처음 온 것처럼 보였다. 혼자 왔기 때문에 앉을 수 없는 것처럼 보였다. 그러다 문득 시간을 되돌려 그 사람에게 말을 걸었다.

나는 당신의 내부를 몰라요. 앉아요. 얘기해요.

그는 카페 중앙에 서서 얼음이 가득 든 주황색 주스를 마시고 있다. 내 목소리가 들릴 리 없다. 지금의 장면은 방금의 장면을 복기한 나의 기억. 하고 싶은 말을 이어나간다.

내가 지금 갖고 있는 마음에는 물이 차올랐어요. 이 마음은 치이는 대로 모양이 변하고 언제 터질지 모르고 방금의 당신이 내 기억 속에 있다 한들 당신은 이걸 알 수 없어요.

그 사람은 나를 보지 않는다. 나는 그 사람에

게 말 걸지 않는다. 그를 부르지 않는다. 내가 그 사
람을 기다리는 건 아니다. 다음에 다시 만난다면,
한 번에 알아볼 수 있을 것 같다.

*

　'괴상하고 불쌍한 서울'. 언젠가 김수영 산문
집에서 읽은 서울에 관한 문장. 뉴욕의 미드타운을
걸으면서 이 문장을 계속 떠올렸다. 괴상하고 불
쌍한 여기. 어디로 가야 하는지, 미래로 가는 방향
이 너무나 분명한 도시. 인종적·종족적 다양성이
특징이고 인종적·종족적으로 동네가 구별 지어진
도시. 뉴욕의 중심가에서는 모두가 '앞으로 가야만
해, 앞으로. 여기를 중심으로 세계 보편화를 이루
어야돼.' 이렇게 말하는 것 같았다. 매스컴을 통해
자주 접했던 뉴욕의 미드타운은 내겐 그저 화려하
기만 하고 재미가 덜해서 심술 섞인 딴생각을 하며
길을 걸었다. 권태롭고 뒤처지면 안 되나. 죽을 생
각을 하면 안 되나. 살아남을 생각으로 앞으로 가

야만 하나. 즐기고 보여주고 그렇게 살아. 나는 문
득 이 도시가 쓸쓸하게 느껴졌고 그게 마음에 들어
서 걸어온 길을 다시 되돌아 걷기 시작했다.

거리의 사람들은 한국 사람들과 다를 바 없
는 옷차림이었다. 유럽식 건물과 아시아의 무역 도
시에서 보았던 높은 빌딩들. 그 사이를 걷는 다양
한 인종의 사람들. 다양한 피부색, 머릿결. 이곳에
서 개성을 드러내는 일은 너무나 부자연스럽고 외
롭고 오히려 자기를 잃어버리는 일이었다. 세사르
바예호의 시구가 생각났다.

당신을, 당신을 떠나버린 사람으로 만
드는 무엇, 그것은 끊임없이 돌아오려는 당
신의 힘, 이렇게 당신의 가장 큰 슬픔이.

당신을, 당신 곁에 남은 사람에게서 떼
어내는 무엇, 그것은 끊임없이 떠나려는 당
신의 노예근성. 이렇게 당신의 가장 빈약한
즐거움이.

세계에서 개성은 무참하다. 내가 나였다가, 내가 아니었다가, 나일 수 없었다가, 같아지려고 했다가, 도저히 나였다가, 다시 나였다가. 글을 쓰면서, 글을 쓰는 생활을 하면서 나는 나에게 집중해왔다고 믿었다. 그런 나의 세계 안에서, 나는 내가 되어감과 동시에 무너지고 있었다. 여전히 그렇게 작동하는 상태가 이어지고 있다. 시집을 내기 전, 어떤 지면에도 시를 발표하지 않고 시집을 통해 나를 바깥으로 꺼냈으니 나는 시를 드러내는 훈련이나 연습 없이 공개되었다. 허망했지만 아무도 없는 광장 중앙에 서서 좋았다. 3년 정도의 시간이 지난 지금은 문학하는 행위에 있어 무기력하고 애쓰고 싶은 마음을 조금씩 잃어가고 있다. 지금은 그저 작업하는 재미만 지키고 싶을 뿐이다.

그리고 세상에 시를 꺼내지 못하고 아무도 알아주지 않는 시를 쓸 때 곁을 지켜주었던 친구 몇을 잃었다. 각각의 이유로 나는 사람들과 이별해야 했다. 헤어진 사람들은 '안녕' 인사하고 비로소 내 안에서 자리를 잡고는 끊임없이 무너지고 있다.

내가 되어 가는 동시에 무너지는 세계. 되어 가는 동시에 무너지는 혼자인 세계. 새로운 혼자가 되고 있다. 새로운 친구가 생기고 있다. 지나간 것들이 내게서 더 무너지고 있다. 무너지지 않는 건 불가능한 것 같다. 그런 것 같다. 시간은 흐르지 않는다. 그때의 그것들은 그 자리에 여전히 있는데 지금 내게서 무너지고 있는 건 무엇일까. 무너지고 넓어지는 간극. 무너지는 세계에서 나는 무너진 자리의 친구를 상상하며 혼자 망가질 수 있겠다.

　　뉴욕에 도착한 후 한인 타운이 있는 퀸즈 플러싱과 가까운 롱아일랜드시티 숙소에서 친구들이 오기 전까지 혼자 머물렀다. 치솟은 환율 탓에 저렴하고 안전한 숙소를 구하느라 전철역 바로 옆에 위치한 한인 민박집을 예약했다. 전철역과 가까워 교통이 편리했지만 전철이 지나갈 때마다 엄청난 소음이 몰려들었다. 방음이 아예 안 되는 민박집이었다. 그나마 다행이라면 내가 유일하게 견딜 수 있는 소음이 전철, 기차 소리인 것. 심장이 뛰는

박동으로 규칙적으로 달리는 그 소리가 견딜만하다고 느꼈지만 사실 견뎌야 하니까 견디는 것이었다. 24시간 운행되는 뉴욕시의 전철 소리가 괜찮을 리 없었다. 그저 낯선 여행지에서 혼자 지내는 동안 나는 괜찮아야 했다. 잘 지내는 건 좋은 일이지. 나를 지키고 견디면서. 이런 나를 좋아하면서. 때로는 내가 자유롭고 견고하게 만들어졌다고 믿으면서.

시차 적응에 완전히 실패한 나는 이른 저녁에 잠들어 새벽에 깨기를 며칠 반복했고 잠을 참는 것으로 뉴욕의 시간에 몸을 맞추려고 했지만 잘되지 않았다. 그날도 새벽 2시에 일어나 핸드폰을 만지작거리다가 침대 옆 책상에 앉아서 흰 벽을 바라보았다. 그리고 책상에 엎드려 울었다. 캄캄한 방안에서 내가 흐느끼는 소리를 들었다. 바깥으로 어둠을 가르며 전철이 지나가고 있었을 테지만 그 소리를 묻으며 고요히 내 속의 출렁이는 물을 게워냈다. 눈물이 뜨거웠다. 그러나 눈물은 그냥 눈물이었다. 내가 어떤 기억에 붙잡혀 우는지

우는 순간에 선명하게 알았지만 그 기억으로 자학하고 싶지 않았다. 그냥 울었다. 도무지 어떻게 할 수 없는 눈물이었다. 한국에서는 흘릴 수 없는 눈물이었다. 내가 울게 내버려 뒀다. 한참 울던 나는 드디어 눈물을 그쳤고 그날치 여행 계획을 세웠다. 날이 밝아오면 묘지공원에 다녀올 계획이었다. 묘지공원 산책을 마치면 친구들을 만나러 미드 타운의 고속 버스 정류장으로 가야했다. 친구들을 만나면 쓸쓸한 나는 수그러들겠지. 잠깐 생각했다.

시를 언제부터 썼나요?

글쎄요. 엄마 뱃속에서부터요.

습작기가 얼마나 되나요?

백 년.

처음 시를 쓴 게 언제인가요?

아마도 이 백 년 전.

긴 습작기를 어떻게 견뎠어요?

친구가 옆에 있었어요.

누구랑 친한가요? 친구 말이에요.

친구, 친구 없어요.

친구 많지 않나요?

네, 친구 많아요.

언제 처음 시를 만났나요?

조금 전.

시 써서 좋았나요?

세상을 다 가지는 순간이 있죠.

다음 시집 출간은 언제인가요?

세계로부터 나는 가능한가요.

믿을 수 없나요?

첫 시집을 내고 나서 오히려 이 세계를 믿을 수 있게 됐어요.

등단과 비등단에 차이가 있나요?

도덕적으로 살며 다음으로 나아가야 하는 데요.

되어 가는 동시에 무너지는 세계. 나는 그 세계를 경험했다. 되어 가는 동시에 무너지는 세계는 멈추지 않는다. 내가 의식하지 않는 사이에도 계

속 작동한다. 나는 되어 가는 쪽으로 기울어져 있
지만, 무너지고 있는 세계는 내가 나약해질 때마다
무너지는 행위를 거세게 작동한다. 그래도 자꾸 그
런 걸 들여다보지 말고 살아갈 생각을 해야 한다.
잊을 생각을 해야 한다. 이미 무너진 것들과 헤어
질 생각 말이다. 무너지는 건 자연스러운 일이다.
무너지는 게 망가지는 것은 아니다. 나는 망가져
간다. 되어 가는 것이 되어 가면서 망가진다. 무너
지지 않는 게 망가진다. 그냥 훼손하고 훼손된 상
태로 살아가야 한다. 내 안의 어떤 부분이 괴물이
되어 간다. 어떤 부분은 순수해. 순수를 느낄 수 있
다. 되어 가면서 망가지지 않는다. 나는 아무것도
아니다. 훼손되지 않는다. 세계에서 내가 외부로
부터 스스로 혼자인 존재가 되어 소외된다고 해도
나는 여기 있다. 묘지공원의 햇살은 축축하다. 이
끼 낀 비석에 드리운 햇살이 축축하다. 도심의 묘
지공원을 나는 무척 좋아한다. 빌딩촌에 들어선 비
석들. 사라진 친구들. 사라졌지만 곁에 두고 사는
것. 언제라도 찾아올 수 있게. 잊었다가 생각나면

언제라도 찾아올 수 있게.

카페에서 나와 실개천을 걷는다. 기억 속에서 유진과 내가 대화를 나누는 장면을 떠올린다. 친구들과 나는 뉴저지의 한 아파트로 숙소를 옮겨 본격적인 뉴욕 관광 여행을 시작했다. 뉴저지의 아파트 숙소는 호숫가에 있어서 조용했고 집 안은 넓어 방과 침대가 충분했지만 1층 맨 안쪽에 자리해 굉장히 습했다. 환기를 하려고 문을 열면 대마초 피우는 냄새가 진동해서 우리는 습기에 잠긴 채 생활하기로 했다. 아침 일찍 나가서 온종일 걷고 숙소로 돌아와 한 사람씩 씻으면 집 안의 습도는 한층 더 높아졌다. 습기로 가득 찬 집 안에서 한 친구는 일찍 잠들었고 유진과 나는 거실에서 밤늦은 시간까지 대화를 이어갔다.

한 번 망가진 곳은 회복이 안 되는 것 같아.

그런 것 같아.

나는 내가 언제 어디가 어떻게 망가졌는지 알아. 아는데 회복이 안돼.

괜찮은 척하지 않는 게 건강하긴 한데. 그래

도 사람은 정신 승리가 필요한 것 같아.

내 의지와 상관없이 계속 같은 상황에 처하고 같은 이유로 화를 내고. 차라리 완전히 망가졌으면 좋겠어. 완전히 망가지는 건 뭐지.

서늘한 상태. 온 마음, 온 정신이 서늘한 것. 회복할 수 없게 차갑게 식은 것 아닐까.

그렇겠다.

그런데 실패하는 네가 싫어?

점점 더 감당하기 어렵지.

타인에 의해서 망가지기도 하지만 내가 나에게 가한 훼손은 영원히 회복할 수 없는 것 같아.

상처와 훼손은 다르니까.

상처받았다고 해서 자기를 망가뜨리는 건 어리석은 짓이야. 가끔은 정신 승리가 도움이 된다니까.

우리는 웃었다. 우리는 피곤했고 아침에 일찍 일어나야 했지만 비몽사몽한 대화를 끊고 싶지 않았다. 유진과 나누는 대화 속에서 내가 낫는 기분이 들었다. 몽롱한 상태에서 우리는 어느 때보다 각자의 말을 선명하게 전달할 수 있었다. 습한 공간에서 몽롱했기에 할 수 있는 이상한 대화였다. 정신이 또렷하지 않아야 정확하게 듣고 말할 수 있는 이야기도 있다. 친구는 내 이야기를 있는 그대로 들어주었다. 분노에 짓눌린 이야기, 깊숙한 곳에 숨겨두었던 상처에 관한 이야기, 결핍에 지친 이야기, 억울한 이야기, 사랑받았고 배신한 이야기. 자고 일어나면 잃어버릴 이야기. 그러나 잊을 수 없는 이야기. 나는 무너지는 세계에서 나를 망가뜨리지 않고 잘 지낼 수 있을 것 같은 기분이 들었다. 잠시 기도하는 것 같았다. 눈을 감았다 떴다. 유진과 나는 대화 끝에 밤의 호수를 보러 숙소 밖으로 나갔다.

　　호숫가의 밤을 떠올린다. 미국인들이 피우는 대마초 냄새에 질색하며 친구와 함께 바라보았던 검은 호수.

플라스틱 새

깨진 수박이 바닥에 나뒹군다. 그리고 그 옆에 내가 누워 있다. 우툴두툴한 시멘트 바닥을 기어 개미가 일렬종대로 오고 있다. 개미가 나를 뜯어먹을 텐데. 일어날 수 없다.

아기 숨소리가 들리고
아기가 자는 모습

*

한낮 거실의 텔레비전 속에서 웃고 떠드는 사람들. 형광등 바로 아래 아기 침대가 놓였다. 침대 안에는 생후 40일을 표시하는 달력과 손 싸개를 하고 잠든 조카가 있다.

언니, 텔레비전 끌까?

아니, 켜둬. 일부러 켜뒀어.

갓난아기는 밝고 시끄러운 곳에서 자는 연습을 해야 한단다. 아기의 잠은 아기의 성격 형성과 관련이 있고 아기의 잠귀가 밝거나 자는 일에 예민해지면 키우는 동안 재울 때마다 전쟁을 치러야 한단다. 40일 된 아기에게 먹는 일보다 중요한 게 자는 일이었다. 아기는 자다가 배가 고프면 울었고 분유를 먹고 트림을 해내면 또 잠이 들었다. 아기가 분유를 먹는 동안 잠이 들면 소화를 시켜야 하니 30분 정도 안고 있다가 침대에 눕혔다. 신기해. 아기는 재워줘야 하고, 자는 연습을 해야 하다니. 졸린 건 본능이지만 잠은 교육하고 교육받는 행위 혹은 그런 상태라는 게 신기했다. 인간의 잠에는 인격이 있었다.

*

　새근새근. 텔레비전 화면에서 들려오는 아기의 숨소리를 듣고 있다. 자는 일에는 얼마나 많은 에너지가 드는가. 자는 동안 아기의 몸이 온 힘을 다해 자라고 있는 게 느껴져서 충만해지는 기분이 든다. 그렇지. 온 힘을 다하는 것은 몸에 들어간 힘을 빼고 머릿속에서 생각을 비워내고 마음에서 감정을 비워내고 숨을 한없이 가볍게 내쉬는 일이야. 가만히 살아 있는 일이야.

*

　조카가 태어나고부터 조카가 매일 보고 싶었다. 그런 감정은 처음이었다. 조카가 태어난 해에 나는 미아역 근처에 있는 원룸에서 지내며, 잠을 자는 시간을 제외한 거의 모든 시간을 학교에서 보내고 있었다. 그즈음 나는 미래에 대한 걱정과 생각이 지나치게 많았다. 돌이켜보면 지칠 대로 지쳐서 스스로 뭔가를 더 할 수가 없다고 여겼던 것 같다. 쓰러지거나 도망치지 못한 대가로 쫓기듯이 살아가고 있었다. 아무도, 아무것도 위로가 되지 않았다. 오로지 태어난 지 50일이 채 되지 않은 나의 사랑스러운 아기 조카 곁에서만 불안 없이 온전히 쉴 수 있었다.

*

폭염주의보가 발령된 2017년 6월 18일 오후 4시. 조카가 태어나기 일 년 전. 대학원 사무실에 놓고 온 무언가를 가지러 가는 길이었다. 조교 일을 하면서 대학원에 다니고 있을 때였고 방학한 지 며칠 되지 않아 학교에 오는 일 자체가 고역이었다. 학교 언덕을 오르면서 뙤약볕 아래 땅에 떨어져 박살이 난 수박을 상상했다. 수박은 산산조각이 나 여기저기 나뒹굴고 있었다. 그건 나이기도 했다. 곧바로 내가 시멘트 바닥으로 쓰러졌다. 내 머리통이 깨졌는지도 모르겠다. 나는 바닥에 누워 단내를 맡고 다가오는 개미 떼를 보고 있었다. 개미 쫓을 힘 따위 없었다. 나와 수박의 과육을 노리는 개미 떼에 홀려 학교 중문 앞에 다다랐을 때였다. 검은 개미 서너 마리가 바닥에 누운 아기 새의 몸 위를 돌아다니고 있었다.

털이 몇 가닥 없는 게, 태어난 지 몇 시간 되지 않은 새였다. 깜짝 놀라 손으로 아기 새 몸 위를 부채질하자 개미들이 분주하게 움직였다. 가방에서 A4 크기의 이면지를 꺼내 개미를 쫓았다. 개미들은 아기 새에게서 떨어졌지만 미련이 남은 것 같았다. 나는 아기 새를 살짝 건드려보았다. 폭염에도 털이 젖어 있었다. 땅에 떨어진 지 얼마 되지 않은 듯싶었다. 아기 새를 얼른 이면지에 올리고 바닥에 떨어질까 조마조마하며 사무실까지 뛰다시피 걸었다.

다음날, 여느 때와 달리 아침 일찍 출근해서

조교 사무실 문을 열었다. 열기 오른 사무실에서
진동하던 썩은 냄새. 그런 냄새는 처음 맡아보았
다. 코를 찌르는 사체 썩는 냄새.

어제, 이면지에 싣고 온 아기 새는 결국 일어
나지 않았다. 몸 위로 물방울을 떨어뜨리고 손으로
심장을 살짝 쳐봐도 아기 새는 움직임이 없었다. 내
가 흔들면 다리가 조금씩 움직이는 것 같았지만 착
각이었다. 아기 새는 살아 있지 않았다. 책상 위의
휴대용 칫솔 세트 케이스가 눈에 들어왔다. 아기 새
를 그 안에 넣었다. 그러고는 혹시나 하는 마음으로
사무실 탁자 위에 30분 정도 그대로 두었다.

여전히 아기 새는 미동이 없었다. 발이 더 오
그라든 것이 완전히 죽은 것 같았다. 아기 새가 들
어 있는 케이스의 뚜껑을 닫았다. 서랍을 열어 흰
색 종이테이프를 꺼내 케이스를 밀봉하기 시작했
다. 아주 작은 벌레조차 들어갈 수 없도록. 종이테
이프로 감은 케이스에 검정 네임펜으로 썼다.

폭염주의보 내린 6월 18일 오후 4시

61

눈 감은 채
시멘트 바닥에 엎드려 있던
아기 새

여기에 편히 누워
죽다.

2017. 6. 18.

이후에는 어떻게 해야 하는지 알 수 없었다.
책을 읽다가 칫솔 세트 케이스에서 소리가 나는지
귀를 가져다 대보았다. 기대하지 않았지만 그렇게
행동했다. 살아 있다는 신호는 없었다. 창밖으로
여름 특유의 소음이 한가득 밀려왔다. 좀 더 앉아
있다가 케이스에 담긴 죽은 아기 새를 그대로 두고
집으로 돌아왔다. 아기 새가 부패하기 시작했다.

*

며칠 전, 핸드폰 사진첩에서 죽은 아기 새를 넣고 흰색 종이테이프로 감았던 케이스를 발견했다. 메모장을 뒤져보니 아기 새를 묻고 돌아와 쓴 메모가 있었다.

의식불명 상태로 개미들에게 몸을 뜯기고 있어도 죽은 건 아니다. 누군가 죽음을 선고해야만 죽은 것. 죽는 것. 태어난 지 두 시간도 안 된 새 같았다. 휴대용 칫솔 세트 케이스에 넣고 테이프로 칭칭 감아 사무실에 하루 뒀더니 썩는 냄새가 진동했다. 죽을 수 있었던 것이다. 벚나무 아래 묻었다.

학교 우체국 앞 벚나무 아래 묻었다. 고양이가 파낼지도 몰라 할 수 있는 한 깊이 묻었다. 그 후로 학생 식당에 갈 때마다 벚나무 아래 묻혀 있는 플라스틱 케이스가 생각났다. 생각 속에서 아기 새는 썩어 없고, 플라스틱 새가 죽지 않고 그대로 묻혀 있었다.

밤을 건너는 너와

술집에서 m에게 이야기를 늘어놓는다.

내가 자고 있는지 깨어 있는지 모르겠는 거야
다시
잠이
들었다가
깼다가
지겨움에 끝이 있더라
더 달리니까 지겹지 않더라
연예인이랑 사귀는 상상하고

가족 생각하고

집 생각하고

창밖을 보다가

마을 사람들을 보다가

어렸을 때 언니를 밀어서

언니가 테이블 모서리에 볼이 찍혔었거든

그날이 자꾸 떠오르는 거야

있잖아, 나한테 잘못한 사람 되게 많거든

그런데 나는 왜 내가 잘못한 것만 생각나지

뭐 어때

새카매

밤에 빨려 들어가

눈을 감고

버스 안의 다른 승객이 창문을 열어놓고 담
배를 피더라 그 나라 사람 같았어

연기가 내 쪽으로 오는데

피지 말란 소리는 못하고

창문을 열었어

운전기사가 졸려서 그런지 되게 시끄러운 음

악을 틀어놨어

　어떤 노래는 분명히 외국어로 부르는데

　이효리 〈텐미닛〉이랑 똑같더라

　백화점 버스 기억나?

　예전에는 신세계 백화점, 현대 백화점 버스가

동네로 왔잖아

　그 버스 타고 백화점 가고 그랬잖아

　어느 순간에 그 버스 다 없어졌잖아

　백화점 버스가 다 어디 갔나 했더니

　그 나라에 있는 거야

　백화점 버스를 타고 국경을 건너는 거야

　나라에서 나라를 넘나드는 교통수단으로 쓰

이고 있더라고

　오래 타기에는 너무 열악한 그 버스를

　40시간 가까이 타고

　나라를 옮겨 다녔지

　네 개의 나라를 옮겨 다니면서 여행했는데

　비행기 탈 돈은 없었어

지금은 못하지

그날 이후로 밤에 버스 타는 게 좋아졌어

버스 멀미가 엄청 심했는데 싹 고쳤어

그렇게 달리는 버스에서 자다 깨다

국경에 인접하면

국경경비대 군인이 무장한 모습으로

버스를 세우고

버스에 탄 사람들이 전부 내려

국경은 걸어서 넘어야 된대

낮이든 밤이든

여권과 증명사진 챙겨서 버스에서 내려

열 발자국 정도 걸으면 초소가 나와

비자 심사를 하고

몇 발자국 더 걸어서 다른 나라로 가는 거야

기분이 이상했어

국경에는 무장 군인이 있고

국경에서는 사람이 많이 죽잖아

국경은 사람이 살 수 없는 곳이야

살아서는 안되는 곳이지

국경선을 그어놓고 각자 다른 나라고

아, 그 영화 생각난다

혹한의 겨울에 나귀한테 술을 먹여서

국경을 넘어가던가

취해야만 넘을 수 있는 경계가 있는 것 같아

기억에 잠겨 혼자 떠들다가 문득 m에게 물었다.

무슨 일 있어? 갑자기 불러내고

여름 저녁이잖아 하이볼 한잔하자고

    m을 만나 여름에 대해 말하다가 이야기가 이렇게 흘러버렸다. m은 지금은 만나지 않는 a와 닮았다. 좀처럼 사람과의 관계를 만들지 않고 지내던 a는 어느 계절이 오면 갑자기

    사람을 만나러 다니는 주간이야

    하며 열심히 약속을 잡았다. 핸드폰에 저장된 거의 모든 이름에게 연락을 했다. 즐거운 일이 생길 것 같아 신나서 쫓아 다녔지만 a가 쓸쓸해 보여서 같이 있었던 날이 더 많았다.

그래 누구에게나 밤은 찾아오고
누구나 밤을 건너고 있겠지
네가 지나가는 시간을 나는 모르니
그냥 옆에 있는 수밖에
부르면
원하면

m과 하이볼을 마시는 여름.

안뜰에서

그의 잠자리에는 얼굴이 없었다. 잠자리에 얼굴이 없으니 나비처럼 보였다. 전시장의 리플렛에는 '허물을 벗고 날아가는 잠자리가 하이디 부허의 사회적 해방과 변신의 과정을 상징하는 것'이라고 쓰여 있었다.

잠자리는 나비와 달리 번데기 과정이 없고, 껍질을 열 번에서 열다섯 번 정도 벗는다. 껍질을 벗는 동안 몸이 점점 자라 마침내 성체가 되어 껍질 밖으로 나왔을 때 날개를 펼쳐 날아간다. 오랜만에 잠자리의 생애를 다룬 영상을 찾아보았다. 언젠가 잠자리의 얼굴과 머리에 골몰한 적이 있었다. 잠자리의 곁눈은 얼굴과 머리 대부분을 차지하는 반구 모양인데 2만 개가 넘는 낱눈이 모여서 두 개의 곁눈을 이룬다. 그리고 그 아래 홑눈이 3개가 있어 시야가 아주 넓다. 나는 멀리까지 내다볼 수 있는 잠자리의 눈이 너무 피로하고 고단하게 느껴졌다. 단 한 순간도 온전히 쉴 수 없게 예민하고, 세상의 모든 것을 보고 경계하던 때 나는 잠자리의 눈에 사로잡혀 스스로를 잠자리에 이입하며 나를 좀 불쌍히 여겼다. 내가 '눈치'라고 부르는 특유의 보는 행위가 잠자리의 특성과 닮은 것만 같았다. 인간 역시 살아남기 위해 눈치 보는 것 아닌가. 타인과 함께 잘 살아가려고. 내가 타인을 잘 모르니 맞춰주려고. 눈치를 안 볼 수 있었으면 좋겠다고, 그만 경계하고 싶다고 책상이나 버스 의자에 엎드려 마음 속으로 되뇌었다.

　　이 글의 제목을 「눈」이라고 붙일 때까지만 해도 나는 내가 잠자리 얘기를 하다가 처음 구성한 대로 아트 선재를 나와 종로를 걷고 법련사에

71

들어간 이야기를 써 내려갈 줄 알았다. 계속 뭔가 내용이 겉돌고 손에 잡히지 않아 막상 의자에 앉아 쓰기가 쉽지 않았는데. 야, 내가 너를 거의 지웠나 봐.

지우려고 한적 없이 지워졌고, 그게 아무렇지 않은 친구가 있다.(너 없이는 쓸 수 없는 글인가 봐. 조금만 부를게. 너 모르게. 너 아니게) 언젠가 그 친구가 보고 싶어지려나. 그 친구가 내게 있었던 시간은 지금 내가 기억하는 생의 많은 장면들 사이에 뿌연 한 토막으로 남아 있다. 사라졌다고 할 수 없는 것이겠지. 우리가 헤어진 데에는 딱히 어떤 사건이 있었던 건 아니다. 우리는 각자 서로의 생에 가장 힘든 순간 아무 연고 없이 우연히 만나게 됐고 힘든 시간을 통과하면서 자연스럽게 각자의 삶으로 돌아간 것 같다. 당시에 우리는 꽤 자주 만났는데 만날 때마다 그 친구는 울었고 나는 울지만 않았을 뿐이지 캄캄한 터널 속에 갇힌 심경을 털어놓았다. 우리는 서로가 그날의 우울에서 나올 수 있게 같이 산책하고, 같이 먹고, 마주 보고 앉아 이야기를 나누었다. 나와 닮은 점이 많던 친구의 이야기를 듣고 내가 건넬 수 있는 위로는 스스로를 다잡고 토닥이는 일 같아서 어느 땐 필요 이상으로 단호한 가치관이나 예술관을 확신 있게 말하기도 했다.

눈이 굉장히 독특하게 생긴 친구였다. 처음 보았을 때는 눈 한쪽이 의안인가 싶을 정도였다. 두 눈 모두 큰 편이었지만 한쪽이 유난히 큰 심한 짝눈이었다.

어렸을 때, 동네에 의안 수술을 한 아저씨가 있었거든. 사람들은 모두 개의 눈을 이식받는 거라고 했어. 처음에 너 봤을 때 너도 그런 줄 알았어.

눈이 크다는 소리는 많이 들었지만 너처럼 특이하게 보는 사람은 없었는데.

친구의 눈은 속눈썹마저 길어서 동물의 것처럼 보였다. 착하고 눈물 많은 눈. 웃을 땐 눈꼬리가 한없이 쳐지는 개구쟁이 눈.

그즈음 나는 서른이 훌쩍 넘었으니 연애, 그
것을 반드시 해야만 했다. 들어오는 소개팅을 거절
하지 않고 약속 장소로 나갔다. 일주일에 한 번씩
다른 사람을 만나느라 명동에 한 장소를 정해놓고
그곳으로 상대를 부르곤 했다. 나는 상대의 맞은편
에 앉아서 나도 모르게 종종 창밖으로 고개를 돌
렸다. 창문을 열고 뛰어내리고 싶은 마음이 들 때
마다 혼자 깜짝 놀라 정신을 차렸다. 잘될 리 없는
자리였다. 그러다 어떤 남자를 만났다. 그 남자는
나를 대학로로 불렀고 약속 장소에 조금 늦게 나
타났다. 남자는 눈 한쪽을 손으로 가리고서 내게
다가왔다.

파스타를 먹었고 대학로 골목을 걸었고 카페
에 들어가 차를 마셨다. 남자는 서울에서 수원까지
회사 버스를 타고 출퇴근하고 있었다. 시력이 매우
안 좋았던 남자는 나를 만나러 가는 회사 버스 안
에서 렌즈가 찢어졌다고 했다. 그리고 그건 무슨
징조 같다고. 내가 흐릿하게 보인다고. 선명한 관

계보다 흐릿한 관계가 아름답다고. 남자의 장난스럽고 시답잖은 말이 재밌었다. 남자가 물었다.

소개팅 왜 나왔어요?

숙제하려고요.

연애 하고 싶어요?

하고 싶다기보다는 해야 한다는 압박감을 느껴요.

다시는 연락이 안 올 줄 알았던 남자는 만나는 2주간 매일 연락을 했다. 하루도 빠짐없이 매일 만났다. 주선자는 내가 남자를 마음에 들어하고 있고 연애를 시작하려면 초반에는 자주 만나는 게 좋다고 했다. 아는 게 없으니 남자가 보자고 할 때마다 거절하지 않고 만났다. 남자를 만나고 집으로 돌아오면, 침대에 누워 터져 나오는 분노를 삭이느라 숨을 골랐다. 나는 뭔지 모를 무언가에 맞추려고 애를 썼고 나의 노력에 화가 나서 어쩔 줄 몰랐다.

친구와 차를 마시고 있는데 남자에게 이따

밤에 잠깐 보자는 연락이 왔다. 나는 괴로움에 몸부림쳤다. 남자가 싫은 게 아니었다. 같이 있는 시간이 재미없어서 같이 있고 싶지 않을 뿐이었다. 이제 그만 혼자 있고 싶었다. 노력하느라 진이 빠져서 눈물이 날 것 같은 지경에 이르렀다. 매일 봐야하는 괴로움을 친구에게 토로했다.

친해져야 하니까 그렇지.

그 사람도 너처럼 얘기하더라고. 근데 매일 만나면 친해져?

확률적으로는.

그후로 친구는 차를 마시는 내내 그러니까 나와 함께 있는 내내 거의 찻잔만 보았다. 케이크를 뜨는 포크질에 먹으려는 의지가 전혀 없었다. 카페에서 나와 역까지 걸어가는 동안 내가 말을 시켜도 앞만 보고 대답했다. 가, 하는 인사와 함께 돌아서는 순간에도 나를 똑바로 보지 않았다. 모든 말에 힘이 없었다. 언젠가의 내 모습 같았다.

친구는 금방 괜찮아졌다. 우리는 다시 활기

찬 대화를 나누었다. 남자와의 관계는 금방 정리되었다. 세상 사람들과 비슷하게 살아가기 위해 억지로 연애를 할 순 없었다. 사람한테 노력하는 건 그만하자. 그렇게 결정을 내리고 소개팅 폭주를 멈추었다. 지금 돌이켜 그 시간을 들여다보면 친구가 있어서 외로움을 몰랐던 것 같다. 친구와 같이 있으면 나는 정서적으로 풍요로웠고 그것으로 충분했다. 친구와 만나지 않는 시간에도 친구가 있다는 사실이 나를 휴식하게 했고 불안으로부터 지켜주었다.

친구는 뭐든 선명하게 보았고 내가 보지 못한 것들을 얘기해주었다. 밤새 잠을 설치다가 오전 10시쯤에 친구를 만나러 법련사로 놀러 갔던 날이었다. 잠들지 못하는 집과 침대는 오히려 위험한 곳이라 집 밖으로 나와야만 했다. 친구는 아는 스님의 부탁으로 불일미술관에서 큐레이터 일을 하고 있었다. 친구는 다크서클이 볼까지 내려온 나를 법련사 안뜰로 데려가 장의자에 앉게 했다. 우리는 나란히 앉아서 약사대불 삼존상을 멍하니 바라보았다.

*

아트 선재에서 나와 현대미술관을 지나 종로를 걷는 내내 잠자리에 대해 생각했다. 하이디 부허가 잠자리를 선택했던 건 어쩌면 그의 고유한 작업 방식대로 벗겨내는 피부로써의 날개, 몸에 붙은 껍질인 날개를 표현하고 싶어서. 잠자리의 투명하고 반짝이는 날개에는 무늬가 있고 그 무늬를 천으로 찍어내면서 날개는 피부 껍질에 불과하다는 걸 말하고 싶었던 게 아닐까. 그것이 나에게도 있다고.

걷다가 법련사 앞에서 유모차에 탄 강아지를 만났다. 인사하려고 다가갔다가 부처상을 보게 됐고 언젠가 여기에 와서 좋았던 날이 떠올라 법련사 안뜰로 들어섰다.

*

　참새가 물배추 화분 모퉁이에 올라타 물을 찍어 먹고 날아갔다. 약사대불 삼존상에는 나비 한 마리가 날아와 앉으려고 애를 썼다. 어쩐 일인지 나비가 앉지를 못했다. 앉는가 하면 미끄러지는 행위를 여러 번 반복하더니 삼존상 주위를 날아 배회했다. 친구가 다가가 나비를 살펴보았다. 친구는 나비의 다리가 하나 없는 것 같다고 말했다. 다리 하나가 없어서 앉지 못한다고.

　나비는 금세 평평한 곳을 찾아 앉았다. 나는 나비가 부처상의 손바닥에 앉기를 응원했지만 나비는 부처상의 옷깃에 균형을 잡고 앉았다. 몇 번의 실패에도 나비는 지치지 않은 것 같았다. 나비는 무척 아름다웠고 졸음이 몰려왔다. 밤을 꼴딱 샜던 나는 친구 어깨에 기대 졸았다. 바람결에 밀려오는 잠이었고 잠에 안겨 자는 것 같았다. 친구의 눈에 기대 한데에서 아주 짧고 깊은 잠이 들었다.

그날 이후로 휴식할 수 없는 몸에 대해 자주 생각한다. 오지 않는 지하철을 기다리며 편안한 적 없었을 몸을 생각하지만 역시 이런 건 생각으론 알 수 없는 것이다. 다만, 충분한 휴식을 취하기 위해선 몸이 온전치 못하더라도 마음과 정신이 온전해야 가능함을 나는 느낀다. 그러니 누구나 평등하게 편히 숨 쉴 수 있는 것 하나쯤은 당연히 누릴 수 있길 바란다.

방금 물배추 화분으로 산비둘기가 날아와 물을 찍어 먹는 뒷모습을 보았다. 수경식물인 물배추 화분을 법련사 안뜰 구석구석에 놓아둔 이유가 여기에 있다. 이번에는 종달새가 내려와 앉는다. 물배추 화분이 안뜰에 넉넉하게 놓여 있다.

폭염과 폭우에

물기 없는 마른 태풍. 이런 건 영화에서나 가능한 일인가. 겪어본 적 있었던가. 김치두부만두를 집어 먹으며 영화에서 흘러나오는 바람 소리를 듣고 있다. 좋다. 그리고 아이들의 즐거운 비명.

*

눈을 뜬다. 캄캄한 방 안. 내 다리 사이에 몸을 끼우고 자고 있는 강아지. 아, 흙냄새. 몸을 일으켜 베란다로 나가본다. 때마침 비가 내리기 시작한다. 비가 내리려고 하는 날에는 쉬이 잠들지 못한다. 깜빡 잠들었다가도 눈을 뜨면 몇 분 뒤에 빗방울 떨어지는 소리가 들린다. 멍하니 어둠만 응시한 채 바깥에서 들려오는 빗소리를 듣고, 비가 온다고, 비가 내리기 시작했다고 속삭이다 눈을 감는다.

자다가 문득 깨어 막 떨어지는 빗소리를 듣고 다시 잠드는 버릇이 언제부터 생겼는지 기억나지 않는다. 꽤 오랜 시간 거의 모든 밤비보다 먼저 눈을 뜨고 침대에서 비 비린내 맡으며 빗방울이 떨어지기를 기다렸다. 고요하고 습한 어둠 속에서 눈을 깜빡이면 내가 한 마리 동물처럼 느껴진다. 비를 피해 나무 아래나 동굴 안에 엎드려 있는.

*

어떤 친구는 내게 하루 종일 집에서 잠만 자냐고 묻고 또 어떤 친구는 잠을 아예 안 자냐고 묻는다. 친구들에 의하면 나는 하루종일 자거나 언제나 깨어 있다.

*

그 집에서는 이사한 첫날부터 깊은 잠에 들었다. 온 가족이 못마땅해하고 가끔 놀러오는 몇몇의 친구들이 나를 불쌍하게 보는 집이었다. 이와 다르게 집이 아주 근사하다고, 넓고 깨끗한 아지트 같다고 말하는 친구들도 있었다. 집이 꼭 반듯한 네모형이어야 하는 건 아니었다.

나는 동작구 신대방동의 그 집이 무척 마음에 들었다. 대학교 4학년 때 6개월 정도 자취한 것을 포함한 서울살이 칠 년 중 제일 마음에 드는 집이었다. 천장이 낮고 벽마다 큰 창이 있는 13평 정도의 널따란 분리형 원룸. 그 집을 보러 가기 전날 밤에 길에서 어떤 한자를 줍는 꿈을 꾸었다. 꼭 그렇게 생긴 형태는 아니었지만 각이 지고 삐뚤빼뚤하며 사방으로 창문이 난 상형문자처럼 생긴 집이었다.

늘 그랬듯이 그 집 또한 이사를 결심한 후 몇 군데 둘러보지 않고 결정한 집이었다. 이사할 때마다 집을 세 군데 정도만 보고 그냥 결정했던 것 같다. 사람들이 좋은 집이라고 말하는 그런 집을 구할 수 있는 정도의 자금이 없으니 보증금에 맞추어 안전하기만 한 아무 집으로 옮겨 다니며 살다가 몸이 안 좋아지는 경우가 잦았다. 엄마는 사방으로 난 창이 산만해 보인다며 못마땅해했다.

엄마랑 같이 구하지 그랬어.

엄마가 몰라서 그래. 서울에서 집 구하는 게 얼마나 힘든데.

그리고 엄마는 엘리베이터 없는 5층(지하가 1층이라 사실 4층) 옥탑방이 마음에 들지 않았던 것 같다. 상관없이 나는 창문이 많아 좋았다. 밤에는 집 안의 불을 다 꺼놓고 창밖으로 전철이 역 안으로 들어가는 장면을 보기도 하고, 집 앞 초등학교에서 들려 오는 종소리에 귀 기울이며 아침 시간을 보내기도 했다. 내가 사는 빌라 건물은 골목 안쪽에 있어 언제나 조용했다. 매일 평화로웠다.

강북구 미아동 집은 잠만 자는 집이었다. 눈

뜨면 바로 학교로 갔다. 집 학교, 집 학교, 도서관 집 학교. 그런 생활을 그만해야겠다고 결심하자마자 이사 온 집이라서 집 안 생활을 나름 열심히 했다. 밥솥을 사고 장을 보고 화분도 사고. 문제는 여름이었다. 옥상 다락방을 개조해서 만든 옥탑방의 온도는 여름 내내 40도를 웃돌았다. 나는 웬만하면 에어컨을 틀지 않고 여름을 나려 한다. 선풍기는 아예 사용하지 않는다. 그 집에서 에어컨 없이 여름을 나는 일은, 열대야 속에서 잠드는 일은 불가능했다. 천장이 낮아서 에어컨 바람을 직통으로 맞으며 지냈고 한여름에도 냉방병을 앓으며 콧물을 줄줄 흘리고 다녔다. 비가 오면 지붕이 장대에 두들겨 맞는 소리가 났다. 지붕이 뚫릴 것 같은 소리에 현주는 목을 길게 빼고 집 안을 한 바퀴 돌아보고는 했다. 요즘 현주는 비가 오면 아파트 베란다로 가 바깥을 내다본다. 현주는 비가 오는 날에 좀 울적해한다.

신대방동 옥탑방 생활에 있어서 더 큰 문제

는 따로 있었다. 어느 여름날, 설거지를 하다가 싱크대 수도 옆에서 모래알 크기의 검정색 알갱이 대여섯 개를 발견했다. 처음에는 대수롭지 않게 여기고 물로 흘려보냈다. 그런데 그 알갱이가 매일 같은 자리에 떨어져 있었다. 핸드폰을 켜고 검색해 보니 바퀴벌레 배설물로 의심된다는 정보가 대부분이었다. 바로 겔타입의 바퀴벌레 약을 주문했다. 먹이캡 10개를 사은품으로 주는 구성이 마음에 들었다. 싱크대를 깨끗이 씻어 말린 후 바퀴벌레 약을 발랐다. 먹이캡에 넣어 뚜껑을 닫고 냉장고 아래에도 넣었다. 혹시 몰라 화장실 하수구 안쪽에도 약을 발랐다. 밤이 오길 기다렸다.

은근히 설렜다. 불 꺼진 집 안을 돌아다니는 바퀴벌레가 먹이인 줄 알고 약을 먹겠지. 내일 아침에 벌어질 일을 기대하며 잠이 들었다.

세상에.

정말이었다. 바퀴벌레 두 마리가 죽어 있었다. 싱크대와 주방 바닥에 몸을 뒤집은 채, 다리 몇 개가 떨어진 채. 너무 괴로운 나머지 스스로 다리를 뜯은 것처럼 보였다. 약이 너무 독했던 것이다. 바퀴벌레를 한 방에 죽여버렸다. 먹이캡에 넣지 않은 약을 휴지로 닦아 냈다. 바퀴벌레를 휴지에 감싸 종량제 봉투에 넣었다. 다시 살아날 일은 없을 것이다.

*

눈을 뜬다. 강아지가 자고 있다. 비가 내리기 시작한다. 강아지가 눈을 뜬다. 강아지가 눈을 맞춰 온다. 새카만 눈동자. 딱정벌레의 등껍질같이 빛나는.

*

내가 자는 동안 현주는 바퀴벌레가 집 안을 돌아다니는 모습을 본 것 같다. 냉장고 밑으로 장난감 같은 게 들어간 적 없는데 앞발로 냉장고 밑을 툭툭 치며 놀기도 했다.

*

밤비가 온다. 저녁부터 내리던 비가 점점 거세진다. 낮에는 모처럼 공기가 좋아 오래 걸었고, 넘어져서 발목을 삐끗했다. 집으로 돌아오는 길에 비가 쏟아지기 시작했지만 대중교통 환승 구간이 짧아 우산 없이 그냥 비를 맞으면서 다녔다. 역사 건너편에서 버스를 타기 위해 지하도로 들어갔다. 비에 젖은 발을 절뚝이며 걸으니 박카스 종이상자를 앞에 놓고 돈을 구걸하는 노숙인이 나를 빤히 쳐다보았다. 노숙인은 뽀송해 보였다.

슬픈 모기

긁지 마세요.
너무 가려워요.
물리지 말아야 해요.
이미 물렸잖아요.

유원지에 앉아서 맥주 두 캔을 마시는 동안
모기에게 내 다리를 양식으로 받쳤던 것이다. 가려
워 긁은 자리가 주먹만 하게 부풀어 오르고 단단
해져 참다못해 병원에 갔다. 의사는 환부를 보더니
별다른 약을 처방해 주진 않고 긁지 말고 물리지

말라고. 선생님, 어쩌라는 건가요. 모기는 나만 물어요.

모기는 나만 물고, 나는 모기를 잘 잡는다. 그리고 선선한 밤에 노상에 앉아 맥주 마시는 걸 좋아한다. 맥주까지 마시니 모기는 내가 더 좋겠지. 잘 물리다 보니 모기한테 관심이 많다. 모기는 여름보다 가을에 기승이고 더 독하다. 빛 한 점 안 들어오는 내 방을 유유히 날아다니는 가녀린 모기. 엥엥거리는 소리에 잠이 깨 모기를 잡으려고 형광등을 켜는 가을 초입이면 다자이 오사무의 소설 『만년』의 한 구절이 꼭 생각난다.

가을까지 살아남아 있는 모기를 슬픈 모기라 한단다. 모깃불은 피우지 않는 법. 불쌍하기 때문이지.

이제는 기후 변화 탓에 겨울에도 모기가 있지만. 끝의 끝까지 살아남아 남의 피를 빨아먹는 가을 모기. 나는 자비 없이 벽에 붙은 모기를 손으로 내려친다. 피가 터진다.

스물한 살에 베트남으로 여행을 갔었다. 그날의 그곳은 하노이였던 것 같다. 저녁에 쌀국수를 먹으려고 식당에 앉아서 음식이 나오길 기다리고 있었다. 테이블 위 작은 유리병에는 각각 쌀국수에 넣어 먹을 피시소스와 얇게 썬 고추가 들어 있었다. 베트남 고추가 맵다던데 진짠가. 아주 작은 고추 하나를 입에 넣었다. 입에 넣자마자 엄청나게 매운 맛이 시작됐다. 정말 매워도 너무 매웠다. 귀에서 연기가 나는 것 같았다. 얼굴이 달아오르고 온몸이 뜨거워졌다. 순식간에 모기한테 네 방이나 물려버렸다. 손부채질하며 헥헥거리는 사이 쌀국수가 나왔지만 정신이 혼미해 먹을 수가 없었다.

언니, 나는 숙소로 돌아가야 할 것 같아.

응. 너 안 되겠다.

언니는 숙소로 돌아가는 내내 박수까지 쳐가며 웃었다. 그때 좋았지. 한 학번 선배인 언니를 내가 참 좋아했다. 우리는 같이 많은 곳을 여행했다. 지금은 자주 볼 수 없고 물리적으로 먼 거리에 살지만 여전히 우리는 연결되어 있다. 언젠가 언니는 내게 죽음 같은 존재라고 고백한 적 있다. 내가 살아 있기에 나와 늘 함께하는. 죽음이 나를 완전히 잠식하면 나와 함께 사라지는. 열렬하고 비장한 마음으로 하는 말이 아니라는 걸 언니는 알았다. 내 마음 한편에서 불쑥 죽고 싶은 마음이 생겨나도 죽고 싶은 마음에 언니가 들어 있음을 느끼면 나는 모든 게 괜찮아진다.

한강 가자.

새벽 4시가 넘어가고 있었고 언니와 나는 각각 학교의 다른 건물에서 야간작업을 하고 있었다.

좋지.

몽롱한 상태여서 글은 더 쓰지 못하고 새벽 첫차를 기다리고 있던 찰나에 언니가 차를 끌고 내가 있는 건물 앞까지 왔다. 나는 뒷좌석에 옆으로 누워 한강으로 실려갔다.

언니는 안 피곤해?

아직은 괜찮아.

동이 터오는 한여름의 한강. 한강 유원지를 길 따라 말없이 걸었다. 안개가 자욱하니 습기 먹은 공기 중으로 무거운 몸이 부풀어 둥둥 떠다니는 기분이 들었다. 사람 하나 없는 강가에서 멈추지 않는 강물 소리를 들으며 이런 게 불안의 실체이길 바랐다. 사실은 이런 게 불안이 또렷이 드러난 장면이라면 나는 비몽사몽한 몸으로 마음껏 춤을 출 수 있을 것 같았다. 춤을 추는 마음으로 홀린 듯이 걷다가 뒤를 돌아보니 언니가 있었다. 민소매 검정 원피스를 입고 팔짱을 끼며 걷던 언니. 버드나무를 바라보던 언니.

시간은 자꾸 흐르고 여름은 처음부터 다시 시작한다. 언제나 첫 여름이다. 출렁이는 시간을 되돌아보면 내 곁에 있었던 언니들이 여전히 그 시간 속에서 손을 흔들고 있다. 이건 이제 나만의 것이다.

나는 워낙 '언니'를 좋아한다. 내 늙은 날에도 언니와 언니들이 있기를. 나는 언니만 보면 달려가 옆에 있고 싶다. 친언니와도 정겹게 지낸다. 종종 싸우면서. 언니는 내가 한 방을 같이 쓸 수 있는 유일한 사람이고 한 침대에서 가장 많이 같이 잔 사람이다. 언니가 열아홉, 내가 열여섯이 되는 해에 가족이 잠시 뿔뿔이 흩어져 살게 되면서 언니가 집에 오는 날에만 우리는 같은 방을 썼다. 방을 혼자 쓴 지가 십여 년이 넘었는데 언니가 결혼하는 전날 밤에는 이상하게 언니 없이 자는 게 무서워 불을 켜놓고 밤새 뒤척였다.

자? 언니에게 연락을 했다.

대만의 한 대학교에 연수 연구원으로 있으면서 그 학교에서 제공해 주는 게스트하우스에서 혼자 3주간 머무르던 시기였다. 나는 너무 외로워 비명횡사 하기 직전이었다. 학교에서 발표를 하고 숙소로 돌아와 발표 준비를 하는 생활을 하면서 쉬는 날에는 타이베이 시내를 쉼 없이 돌아다녔지만 서늘한 기분은 사라지질 않았다. 서울 생활과 다르게 없는 삶이었는데 타국 생활은 다른 차원의 고독 속에 머무르는 일이었다. 자주 학교 근처 광장에 앉아 학생들이 춤 연습 하는 걸 구경하고 숙소로 돌아왔다. 맥주조차 맛이 없어 일찍 잠자리에 들었다. 그리고 깊은 밤의 지옥이 시작됐다.

대만에는 '샤오헤이원'이라 불리는 눈에 보이지 않을 정도로 크기가 작은 벌레가 있다. 소흑문. 모기 문蚊을 쓰는 아주 작고 까만 모기가 나의 양 발목을 초토화한 것이었다. 가려워서 참을 수가 없었다. 너무 가려워 긁다가 찬물에 담가보기도 했지만 소용없었다. 긁은 자리마다 수포가 올라왔다. 발목이 펄펄 끓는 극한의 가려움이었다. 인터넷에 찾아보니 샤오헤이원은 봄의 우기인 4월에 집단 번식을 하기 위해 흡혈성이 강해진다고. 그러니 샤오헤이원이 출몰하는 오전 11시에서 오후 3시 사이에는 물리지 않도록 노출을 최소화해야 한단다. 야외 활동 시 한곳에 오래 머물지 않아야 하며 불가피하게 한곳에 오래 있을 때는 몸을 자주 털어야 한다고. 그게 문제였다. 하릴없이 광장 계단에 오래 앉아 있었던 것.

긴 밤이었다. 아침이 오자마자 대만에서 유학 중인 호감이 가던 선배에게 연락을 했다. 샤오혜이윈에 물린 발목 사진을 보냄으로써 설렘은 끝났고 어떤 약을 사면 되는지 알게 되었다. 울적해서 언니한테 연락을 했다. 언니는 결혼하고 아기를 낳아 키우며 나는 물론이고 언니 자신조차 돌볼 시간 없이 바쁜 나날을 보내고 있었다. 내가 보낸 메시지에 바로 답을 할 수 없는 게 당연했지만 나는……

약을 발라도 나아지지 않아 한국 유학생이었던 대만 친구에게 연락을 했다. 대만 친구가 알려준 대로 약국에서 구입한 연고는 나중에 알고보니 스테로이드가 한국의 적정 사용 기준치 3배가 넘는 양이 들어간 연고였다. 어쩐지. 발랐더니 한결 나았다. 그래도 연고를 바르고 30분 정도가 지나면 다시 가려워 연고를 수시로 펴 발랐다.

숙소에 있으려니 자꾸 울적해져 단수이역 근처에 있는, 아름답기로 유명한 '진리 대학'에 가보기로 했다. 바깥으로 나와 전철을 타니 기분이 나아졌다. 학교는 개방 시간이 지나서 들어갈 수 없었다. 아쉽지 않았다. 근처 강가를 걷다가 사진을 찍고 골목길의 상점을 구경했다. 대여섯 살 정도로 보이는 남자아이가 머리를 깎고 있는 모습에 걸음을 멈추고 안을 들여다보았다. 강 가까운 곳에 위치한 미용실은 손님들이 강을 보면서 머리를 할 수 있게끔 의자를 배치해놓았다. 강물이 출렁이는 푸른 저녁을 바라보면서 타인에게 머리를 맡긴 손님들. 허리 숙여 가위질하거나 머리카락을 소량 집어 헤어롤에 마는 미용사들. 강가의 미용실 풍경이 너무 아름다워 한참 서서 바라보았다.

늦은 저녁 지나 밤이 올 때까지 단수이를 구경하고 숙소로 돌아가는 전철에 올라 탔다. 의자에 앉자마자 발목에 연고를 바르고 핸드폰을 열어 메일을 확인했다.

안녕하세요. k 시인이어요. 제목을 클릭.

윤유나 시인께

이것이 내가 시인으로 불린 최초의 호명. 긴 시간 시를 써왔으니 누군가 나를 시인으로 불렀을 수도 있겠지만 기쁨과 설렘, 축하와 축복에 업악까지 더해진 호명은 처음이었다.

메일을 읽고, 한 번 더 읽고, 몇 번 더 읽고 핸드폰을 닫았다. 그가 써놓은 작고 검은 글자들이 전부 맑고 깨끗해 보였다. 전철 창밖을 바라보았다. 캄캄했다. 세상이 출렁거렸다. 발목이 가렵기 시작했다. 가진 적 없는 줄 알았던 젊음이 나한테 온 적 없이 송두리째 날아간 것 같은 기분이 들었다. 슬픈 내용이 전혀 없었는데

청춘이 끝났어.
혼잣말하며 갑자기 내가 눈물 흘렸다.

물밑의 속삭임

크라잉넛의 〈물밑의 속삭임〉을 듣는다. 대학생 시절 열광했던 노래는 시간 지나 질리는 법이 없다. 심수봉 피처링의 이 노래는 들을 때마다 물속으로 가라앉는 몽환적인 기분이 든다.

널 기다린 바다속을 가자꾸나

고등학교를 안산에서 안양으로, 대학교를 안산에서 서울로 다니느라 지하철 4호선에서 많은 시간을 보냈다. 그래서 그런지 지하철 4호선이 유독 집 같고 편하다. 잠을 설쳐 피곤한 날은 지하철에서 기절하듯 잠이 든다. 지하철에서 자는 잠은 너무 달콤하다. 주로 가방을 끌어안고 고개를 푹 숙이고 자거나 의자 맨 끝에 앉아 지지대에 머리를 기대고 잠이 든다. 지하철에서 잘 땐 늘 머리통이 문제다. 오늘은 머리를 꼿꼿이 세우고 눈을 감는다. 유선 이어폰으로 〈물밑의 속삭임〉을 듣던 그날도 같은 자세로 눈을 감고 있었다.

누군가 옷을 입은 채 물속으로 천천히 가라앉는 장면. 조명을 켜놓은 듯 푸르고 깊은 물밑으로 내가 느리게 가라앉고 물방울 하나 피어오르는 그런 장면. 물속으로 가라앉는 장면을 상상하며 나는 물과 몸이 섞이는 듯한 기분에 젖어 도착지로 실려갔다.

문득,

돌이켜보니,

나를 보고 있는 내가

물 밖에서 나를 들여다보고 있고.

분명 물 밖에서 안전했는데. 갑자기. 끔찍하

게 깨끗한 호수가 보였다. 깎아놓은 듯 매끄러운 둥근 형태가 이유 없이 공포스러웠다. 의도한 적 없는 선명한 장면이었다. 인간의 눈은 수중과 공기 중의 굴절률이 달라서 물속에서는 시야가 흐릿하다고 한다. 나는 더 이상 물속이 아니었다. 눈을 감은 채 또 하나의 눈을 뜨고 경악스럽게 호수 장면을 마주했다.

깜짝 놀라 눈을 떴다. 나는 분명 눈을 감은 채 음악을 듣고 여느 때처럼 물밑으로 가라앉는 중이었는데 호수 장면이 보이더니 내가 물속에 빠져 허우적거리기 시작했다. 숨을 몰아쉬며 이어폰을 빼고 고개를 돌리고 집중력을 분산시킬 수 있는 다른 행동을 했지만 자꾸만 물속으로 끌려갔다. 급기야 내가 숨을 쉬고 있는 게 느껴졌다. 숨을 의식적으로 느끼기 시작하자 모든 게 갑갑해졌다. 가만히 앉아서 분주하게 나를 다독였다.

그날 이후, 그날의 호수 장면은 시를 쓰려고 할 적에 불식간에 내 머릿속을 지배했다. 그 호수 장면은 이유 없이 공포스러워서 장면이 떠오르고 찾아들 때까지, 장면이 사라지고 난 후의 여운이 찾아들 때까지, 나는 가만히 앉아서 나를 다독여야 했다. 그럴 땐 눈앞에 보이는 실제 사물이나 풍경에 집중하는 수밖에 없었다. 지금 여기. 내 눈앞에 있는 것들. 무의식이 나를 어딘가로 데려가는 동안 지금 여기의 눈이 바깥을 향해 있고 바깥의 빛을 투영하고 있음을 알아차려야 했다.

음, 눈이 없어도 잠을 잘 수 있을까. 악몽에서 나를 구해주는 눈. 눈의 감각. 살아 있는 것은 하나도 없을 것 같은 호수에서 나를 꺼내주는 눈을 생각하면 안심이 됐다. 무서울 땐 무서운 걸 똑바로 보면 돼. 내면에서 멋대로 일어나는 일은 어떡하지. 그게 무엇인지 글자로 보면 나아져. 글자로 옮기고 나면 괜찮아져.

최근에 내가 지하도나 다리 밑으로 다니는 걸 힘겨워한다는 사실을 알게 되었다. 현주와 집 근처 실개천을 산책할 때면 몇 개의 다리를 건너야 하는데 들어서려는 순간 꼭 주저하게 된다. 숨을 참거나 현주를 안고 빠른 걸음으로 통과한다. 축축해. 어둡고 더럽고 소리가 울려. 중얼중얼.

4호선을 타고 금정역에서 사당역까지 갈 때면 꼼짝없이 캄캄한 지하를 지나게 되는데 지상을 달릴 때와 달리 한없이 지루하고 기분이 이상해져 책이 눈에 들어오지 않는다. 어느 날엔 너무 무기력해져 지하철에서 내릴 수가 없었다. 그래도 서울에 도착하면 좋아하는 버스를 탈 수 있다. 나는 특히 굼뜬 마을버스를 좋아한다. 지금 다니고 있는 직장은 낙성대역에서 내려 02번 버스를 타고 종점까지 들어가는 곳에 있다. 02번 버스는 서두르지 않는다. 천천히 평지를 달린다. 02번 버스 안에서 바깥 구경을 하면 아침 출근의 피로가 싹 풀린다. 달리다가 숲이 조성된 연구단지에 진입하면 공기마저 상쾌하다. 조금 더 들어가면 쓰레기 처리장이 나오는데 쓰레기로 꽉 찬 100L 종량제 봉투가 가득 쌓여 있다. 재미있는 건 쓰레기 더미 위의 까마귀 떼다. 가끔 들개가 주위를 살피며 쓰레기 더미를 헤집기도 한다. 떼로 몰려다니는 까마귀는 한눈에 봐도 까치나 비둘기보다 컸다. 처음 보았을 땐 너무 커서 까마귀가 아닌 줄 알았다. 눈알까지 새카만 까마귀가 맞았다.

새를 만날 때 눈을 보게 된 건 죽은 까치를 본 이후부터다. 오후에 약속이 있어 현주와 아침 산책을 하러 아파트 뒤뜰에 갔던 날. 오전 10시쯤에는 아파트 뒤뜰에 사람이 거의 없어 가슴줄을 채우지 않았다. 현주가 신이 나 여기저기 냄새를 맡는 모습을 보며 뒤따르는데 한쪽 날개가 펼쳐진 채 비스듬히 쓰러져 있는 까치 한 마리를 보았다. 냄새를 맡으려고 다가가는 현주를 보자 절로 비명이 나왔다. 현주가 다가가도 까치는 미동이 없었다. 현주는 가까이 다가가더니 냄새를 맡지 않고 휙 지나쳐갔다. 현주도 쓰러져 있는 동물이 죽었다는 걸 아는 것 같았다. 까치 주위로 털이 많이 빠져 있었다. 자기들끼리 싸운 건가. 아파트 단지 안에서 길고양이를 본 적 없는데. 아파트 단지 뒤뜰을 크게 한 바퀴 도는 산책을 하려고 했지만 그럴 수 없었다. 현주가 똥을 눌 때까지 걷다가 똥을 눈 현주를 안아 들고 바삐 집으로 들어갔다.

현주의 발을 물로 씻기고 휴지로 입 주위와 생식기를 닦는 데는 10분이 채 걸리지 않았다. 마음이 급했다. 말린 오리 가슴살을 간식으로 챙겨주고 싱크대 서랍에서 쓰레기 종량제 봉투를 찾았다. 집엔 20L 외 다른 사이즈의 종량제 봉투가 없었다. 20L 봉투를 쓰기엔 잠깐 아깝다고 생각했지만, 더는 고민하지 않고 얼른 구둣주걱을 같이 챙겨 까치가 있던 곳으로 다시 갔다. 옆으로 비스듬히 누워 있던 까치의 한쪽 눈에서 피가 흐르고 있었다. 안 돼. 아깐 분명히 눈알이 있었는데. 위험할 것 같아서 서둘렀는데. 그 짧은 시간에 까치는 눈알을 파먹힌 것이었다. 먹힌 게 아니라면 어떻게 그새 눈알이 없어졌겠어. 까치는 포식자이니 다른 살아 있는 까치가 눈알을 장난삼아 파먹은 것이 분명했다. 죽은 까치의 피에 젖은 좁고 까만 눈이, 눈알 빠진 눈이 나를 보고 있었다.

봉투를 열어 입구를 둘둘 말았다. 까치는 봉긋 솟은 흙더미 위에 죽어 있었다. 다행이었다. 둘둘 만 봉투를 흙더미 아래에 평평하게 깔았다. 그러고는 구둣주걱으로 까치의 몸체를 살살 밀었다. 20L 봉투라 일이 수월하게 진행되었다. 철퍼덕. 까치의 펼쳐진 날개가 봉투에 걸쳐졌다. 나는 죽은 까치를 봉투에 완전히 넣으려고 구둣주걱으로 봉투를 들썩였다. 그런데 까치가 봉투 안으로 들어간 다음이 문제였다. 까치의 피에 젖은, 눈알 빠진 눈을 나는 다시 직면해야만 했다. 뾰족한 새 부리 끝에 찍혔을 눈을. 빛이 없는 눈을.

봉투를 묶어서 대형 쓰레기통으로 옮겨놔야 하는데 그렇게 할 용기가 나질 않았다. 그냥 두면 아파트 단지의 환경미화원이 치우겠지만 그동안 죽은 까치의 몸이 훼손될 게 뻔했다. 고양이나 쥐, 개미, 그리고 살아 있는 까치들이 죽은 이 녀석을 가만두지 않을 게 분명했다.

착하지. 괜찮아, 까치야. 착하다. 착하다.

봉투를 들고 입구를 재빨리 묶었다. 남는 공간이 많아 묶을 수 있는 한 깊이 당겨 묶었다. 한 번 더 묶을 용기는 없었다. 봉투 손잡이의 끝을 잡고 빠른 걸음으로 아파트 뒤뜰을 빠져나갔다. 걷는 동안 온몸에 소름이 돋았다. 죽은 까치가 든 파랗고 투명한 봉투 아랫부분이 불룩했다. 언젠가 물을 가득 채운 검은 비닐 봉지가 생각났다.

말과 빛을 따라 혼자

　　귓가에 대고 속삭이는 소리. 나는 말을 건넬 생각이었다. 입을 떼려다 눈을 떴다. 이곳이 나고야라는 사실이 믿기지 않게 감기 몸살을 앓았던 숙소에서. 귓가에 대고 속삭이는 소리가 무슨 말인지 알 수 없었다. 말이긴 한 것 같았다. 일본어 같지는 않았다. 잡음처럼 늘어지고 찢어진 소리가 아닌 미지의 언어처럼 뭉개지고 흩어져 귓가를 끊임없이 맴도는 소리였다.

　　친구들과 함께한 일본 나고야 여행 4박 5일

내내 나는 지독한 독감을 앓았다. 독감의 증상이라 불리는 모든 증상이 날이 갈수록 심해졌다. 여행 첫날은 한국에서 처방 받아온 약이 있어 버틸 만 했고, 둘째 날은 약기운에 취해 곧 나을 것 같았고, 셋째 날은 이제 그만 아플 때가 됐다고 내 멋대로 판단하고 여행 일정을 무리하게 소화하느라 결국 날이 갈수록 증상이 심해졌다. 밤새도록 기침을 하느라 잠을 제대로 잘 수가 없었다. 2월의 나고야는 쌀쌀했기에 벽에 달린 히터를 끌 수도 없었다. 방을 같이 쓰는 친구가 내 기침소리에 깊이 잠들지 못했는지 두 시간에 한 번씩 일어나 수건에 물을 적셔 방 구석구석에 널어주었다.

하늘아, 나 다 나았어.

조용히 하고 자.

조용히 잤고 셋째 날부터는 친구들과 함께 다닐 수 없었다. 일본은 약국에서 처방하는 약에 항생제가 거의 들어 있지 않기 때문에 약을 먹어도 차도가 없었다. 밤새 앓느라 일찍 일어날 수 없었고 침대에 누워 친구들이 나갈 채비를 하는 모습을 맥없이 쳐다보았다. 그러다 깜빡 잠들었고 잠결에 친구들이 도쿠가와엔 정원에 간다는 얘기를 들었다. 다시 눈을 떴을 땐 숙소에는 나뿐이었다. 뭔가 묘한 기분이 들었다. 일어나 침대 바로 옆에 있는 붙박이장의 문을 활짝 열었다. 최대한 빠르게. 무서워서 잔뜩 긴장했지만 문을 열어볼 수밖에 없었다. 어쩌다 공포영화를 볼 때면 왜 굳이 문을 열어젖히냐며, 그러지 말라고 조마조마한 마음으로 '열지마'를 외쳤더랬지만. 다행히 아무것도 없었다. 다행히. 붙박이장의 빈 옷걸이와 흰 벽이 형광등 빛을 마주 보며 그대로 있었다. 빈 내부를 한참 들여다봤다. 무언가 있다가 없어진 것 같았다.

스무 살 무렵, 살 빼려고 다닌 복싱 체육관에서 관장님한테 이런 질문을 했다.

다큐멘터리에서 봤는데요. 연장전까지 가면 자기가 날리는 훅이나 어퍼컷에 상대 선수가 얼마나 어떻게 아플지 느낄 수 있다고 하더라고요. 경기 초반 라운드에서는 이기려는 마음으로 아무 감정 없이 펀치를 날리다가 만신창이가 되지만, 지칠 대로 지친 연장전 정도 가면 상대 선수의 고통을 느낀다고요. 적의 아픔에 공감하는 마음이 생긴다고요. 정말인가요?

한때는 '거리의 매 맞는 복서'로 텔레비전에 출현했던 관장님이었다. 나는 그저 살을 빼려는 목적으로 다닌 체육관이었는데 체육관 회원들 중에는 아마추어 선수는 물론 복싱에 진심인 회원들이 많았다. 관장님은 친구와 내게 운동이 끝나면 건너편 김밥천국에서 먹고 싶은 것 먹고 외상하고 가라고 하거나 겨울에는 체육관의 아마추어 복싱 선수가 하는 노점에서 붕어빵을 먹고 싶은 만큼 그냥 먹으라고 하는 분이었다. 돈은 본인이 내겠다고. 친구와 나는 너무 배가 고플 때(정말로 너무 배가 고플 때만) 김밥천국으로 가 라볶이와 김밥과 돈가스와 김치볶음밥을 먹고 뭔가 아쉬워 다시 길을 건너와 붕어빵을 네다섯 개씩 먹었다. 관장님이 얘기를 해두었는지 김밥천국과 붕어빵 가게에선 한사코 내미는 돈을 받지 않았다. 게다가 우리는 분명 붕어빵을 천 원어치만 달라고 했는데 여하튼.

내 질문에 관장님이 웃으면서 말했다.

종교 뭐 그런 거 믿는 얘긴가.

그날 관장님과 나눴던 대화를 친구에게 전했던가. 전하지 않았다. 기억 속의 집으로 돌아가는 장면에서 우리는 붕어빵을 많이 주던 복싱 아마추어 선수가 어떤 사람일지 궁금해 그의 말투와 행동을 곱씹었고 살짝 수줍어 크게 웃었다. 겨울인데도 운동복 주머니에서 나는 땀 냄새가 코를 찔렀다. 꽤 오랜 기간 체육관을 다녔는데 그날 관장님과의 대화가 마지막 기억으로 남아 있다.

종교에 관한 이야기냐는 관장님의 말에 아무런 대꾸를 하지 않았지만 그 질문을 하면서 믿고 싶었던 게 있었다. 타인이 살아 있다는 감각. 나는 아주 오랫동안 방으로 들어와 방문을 닫으면 세상의 모든 사람들이 존재하지 않는 것 같았다. 가족

조차 그랬다. 방밖에는 아무도 없어. 나에게 살아 있다는 신호를 보내지 않거나 자극을 주지 않으면 죽은 것과 다름없는 상태라고 여겼다. 사람이 소중할 리 없었다. 그다음은 타인이 주는 자극이 아플 때에만 타인을 감각할 수 있었다. 통증은 타인을 느끼게 했다. 사람한테 나쁘게 굴었다. 타인에게서 받는 자극이 행복해서 통증이 일었다. 고통은 아니고 빛이나 슬픔같이. 점점 타인과 세상을 느낄 수 있었다. 타인이 살아 있다는 걸 온전히 느끼면 때리거나 죽일 수 없었다. 인간이 아니더라도 살아 있으면.

도쿠가와엔 정원으로 가는 버스에서 스무 살 되던 해에 다녔던 복싱 체육관이 떠올랐다. 나고야 버스의 하차벨 소리를 들으며, 도롯가의 가로수들을 보면서. 버스에서 내려 골목길을 따라 조금 걸으면 도쿠가와 미술관이 나왔다. 입구에서 사람들이 단체 사진을 찍고 있었다. 대열에 맞춰 선 사람들 모두 남자이고 같은 헤어스타일, 짙은 검정색

양복을 입고 있었다. 단 한 사람도 외투를 벗거나 다른 색 옷을 입지 않았다. 분명 살아 있는 사람들일 텐데. 똑같은 모습으로 대열에 맞춰선 남자들이 기괴하게 느껴졌다. 감기 기운에 흐리멍덩한 시선으로 보는 나고야의 풍경은 줄곧 어딘가 한구석이 비현실적으로 느껴졌다. 나는 핸드폰으로 길을 찾지 않고 도쿠가와엔 정원 주변을 무작정 헤맸다.

기억의 조각을 이으며 도쿠가와엔 정원의 연못을 한 바퀴 돌았다. 겨울이라 작약에 지푸라기로 집을 만들어주었는데 그것의 명칭이 무엇인지 모르겠다. 작약에게 씌워준 집이 따뜻하고 포근해 보였다. 꽃 사진이나 나무 사진을 찍을 때마다 나의 사진 기술로는 담아낼 수 없는 걸 알기에, 그저 기록용으로 두세 장 찍어둘 뿐인데 작약의 집은 잘 찍어보고 싶었다. 작약의 집은 내 글이 되고 싶어하는 어떤 모습과 닮아 보였다. 문학은 인간을 보호하지. 그렇지. 일본 사람들을 지나치며, 정원을 혼자 걸으면서 혼잣말을 많이 했다. 나는 혼잣말을 좋아한다. 이것은 글을 쓰는 행위와 비슷하고, 혼잣말을 하다가 자주 메모장에 글을 쓰기도 한다.

친구들을 만나 저녁을 먹고 숙소로 다시 돌아왔다. 숙소로 돌아오자마자 침대 옆 붙박이장 문을 열어보았다. 문을 열 때만 해도 나보다 조금 어린 여자가 쪼그려 앉아 있을 것만 같았다. 문을 열어젖히면 웅크리고 있다가 나를 올려다볼 것만 같았다. 그러나 역시 흰 벽과 조금 축축한 느낌 외엔 없었다. 붙박이장 안쪽으로 형광등 빛이 들어서 있었다.

그 숙소에서 우리는 이틀 더 묵었고, 불 끄고 누워 자는 밤이면 내 귓가에 형체를 알 수 없는 말이 들려왔다.

종달새와

그 새를 종달새라고 부르고 있다. 「비둘기와」 편에서 검색까지 해봤던 그 새 말이다. 2017년 아기 새를 묻어준 후로 죽은 새를 보면 쓰레기 종량제 봉투에 담아 치우고 있다. 더 좋은 방법이 있다면 따랐을 텐데 현재로선 쓰레기 종량제 봉투에 넣어 쓰레기 더미에 묻는 것이 최선인 것 같다.

인간은 술에 취하거나 집이 없으면 길바닥에 누워 잠을 자기도 한다. 고양이도 그렇다. 그런데 새는 절대 길에 누워 자지 않는다. 유리창에 부딪혀 기절했거나 죽은 것이다. 군함새는 날면서 잔다는 연구 결과를 기사에서 본 적 있다. 계절에 따라 수일을 날아가야 하는 군함새는 날기를 멈추지 않고 뇌의 반쪽으로 잠을 자며 비행을 한다. 왼쪽 뇌가 잘 때는 왼쪽 눈을 감고서 깨어 있는 오른쪽 뇌와 오른쪽 눈으로 비행의 수평을 조절하고 주변 포식자나 충돌 위험을 관찰한다고 한다. 새의 습성은 '살아 있음' 자체이고 새는 살아서 절대로 죽으려는 시도를 하지 않는다. 언제나 살려는 방향으로 습성이 만들어진다. 그러니까 새는.

어제는 밤늦은 시간까지 술자리가 이어졌다. 새벽 2시가 넘었지만 모두 졸린 기색이 없었다.

강아지 잘 지내요?

응, 잘 지내지. 꽤 늙었어.

몇 살이었죠? 우리 강아지랑 비슷한 나이였는데.

다섯 살.

에이, 다섯 살이면 청년이에요.

강아지가 늙는 게 무서워. 죽을까 봐 무섭고.

어렸을 때 강아지를 잃어본 적이 있어서 트라우마만 남았어.

강아지가 남고 내가 죽는 게 더 슬프지 않나요.

선배가 고개를 끄덕였다. 소주를 따라주었고 대화는 자연스럽게 다른 화제로 넘어갔다. 얘기하는 도중 화장실에 갈까 싶어 밖으로 나왔다. 들어올 땐 몰랐는데 술집 앞은 빌라촌이었다. 빌라촌 너머로 우성아파트가 보였다.

서울에서 살 수 있게 되면 신도림역 근처에 살고 싶다. 낙성대역 근처에서 살고 싶기도 하지만 신도림역 근처가 1순위. 나는 술자리 중간에 혼자 빠져나와 짧게 산책하는 일을 아주 좋아한다. 본가로 들어간 후로는 새벽까지 마실 일이 없어서 술자리 중간에 산책 다녀올 시간이 없었다. 찬 공기를 맡으며 불 꺼진 빌라의 창들을 바라보았다. 모두 자고 있겠지. 돌아가 술을 더 마실 수 있는 동료들이 있는 게 좋았다. 쓸쓸한데 외롭지 않은 시간. 나를 기다리다가 잠들었을 강아지가 생각나서 웃음이 났다.

'죽음은 철학적인 개념이라서 개는 죽음을 모른다'라는 문장을 읽은 적이 있다. 죽은 개 옆을 꼼짝없이 지키고 있는 또 다른 개는, 죽은 개가 자고 있는 줄 아는 것이다. 다시는 일어나지 않는다는 걸 알 수 없는 것이다. 그러니까 강아지는 내 옆에서 나와 함께 지내다가 이별은 모른 채 삶을 마쳤으면 좋겠다. 그렇게 고요하게 영원히 잠들어야 한다. 남은 나는 인간이니까 마음껏 슬퍼하면 그만이다.

*

저녁이면 슬슬 쌀쌀해지는 9월 중순에 안산역에 내려서 역사를 빠져나오는데 계단 앞에 종달새가 날개를 몸통에 딱 붙이고 눈을 뜬 모습으로 뻗어 있었다. 기절한 것 같았다. 주위를 둘러보았다. 종달새가 날아와 부딪힐 만한 유리창은 보이지 않았다. 내부가 훤히 보이는 핸드폰 액세서리 가게의 유리벽은 핸드폰 케이스로 가득했다. 산이나 나무 이미지를 따온 물건은 없었다. 형광등 빛으로 내부가 환했다. 왜 여기에 기절해 있는 거지. 역에 사는 고양이가 물고 오다가 흘린 건가.

종달새 옆으로 가서 발로 대리석 바닥을 살짝 내리쳤다. 대리석 바닥이 너무 차가워 보였다. 종달새는 일어나지 않았다. 지하철에서 내린 많은 사람들이 새를 지나쳐 갔다. 사람들은 새를 쳐다보지 않았다. 어쨌든 새를 그대로 두면 안 될 것 같았다. 안산역과 이어져 있는 건물 지하의 마트로 들어갔다. 제일 작은 사이즈의 쓰레기 종량제 봉투를 달라고 하니 10L 한 묶음을 계산대 서랍에서 꺼내 주었다. 한 장을 뜯어 들고 새가 있는 자리로 갔다.

책가방을 멘 여자아이가 종달새를 보고 있었다. 초등학교 저학년쯤으로 보였다. 조금 떨어진 곳에서 엄마로 보이는 사람이 새를 안쓰럽게 보고 있었다. 흰 피부의 그 여자와 아이는 머리카락에 붉은색 브릿지를 넣은 모습이었다. 둘은 생소한 언어로 대화를 했다. 아이는 여자에게 새가 불쌍하다고 말하는 듯했다. 여자는 종달새에게서 눈을 떼지 못했다.

나는 종달새에게 가까이 다가갔다. 그런데 종달새를 집을 것이 없었다. 손으로 잡아야 하나 고민하며 어쩌지 못하고 봉지만 들고 있자 여자가 다가왔다. 봉투를 달라는 듯 손을 내밀었다. 무슨 뜻인지 알아채지 못하자 손에 들고 있던 봉투를 조심스럽게 가져가더니 봉투를 뒤집어 본인의 손에 씌웠다. 그러고는 새를 손으로 감싸 안듯이 봉투에 담아서 내게 내밀었다.

아이의 손을 잡고 여자가 안산역 안으로 들어갔다. 종달새가 담긴 봉투를 내밀면서 살짝 웃었던 것 같았다. 신비로운 두 사람. 두 사람의 뒷모습이 사라질 때까지 눈을 떼지 못하고 봉투를 들고서 있었다. 여자가 아이의 엄마라는 확신이 들었다. 엄마라면 아이가 불쌍해하는 죽은 새를 손으로 만질 수 있을 것 같았다. 대리석 바닥보단 봉투 안이 따뜻할 텐데 종달새는 일어나지 않았다.

안산역 근처의 식당가에는 쓰레기를 모아두는 곳이 따로 있지만 종달새를 그곳에 두고 갈 수가 없었다. 어쩔 수 없이 집까지 걸어가야 했다. 봉투 입구를 느슨하게 한 번 묶고 집을 향해 걷기 시작했다. 새가 든 봉투가 묵직했다. 새는 파닥이지 않았다. 새가 놀랄까봐 봉투 소리가 최대한 나지 않게 손을 앞으로 내밀고 걸었다. 친구에게 메시지가 왔다.

내일 뭐 해.

답을 보냈다.

새가 죽어서 종량제 봉투에 담았는데 둘 곳이 없네. 집까지 갖고 가야겠지.

오마이갓. 짧게 슬퍼하고 빨리 버려.

짧게 슬퍼해? 버리는 건 맞는데 슬프지 않아. 답장을 쓰다가 지우고 보내지 않았다. 사람들은 길에 새가 죽어 있으면 슬픈가. 새가 죽어 문드러져 있으면 슬픈가.

종량제 봉투를 들고 있는 손과 팔이 허공에

빨려 들어가는 듯한 기분이 들었다. 종달새가 무거웠던 건 아니다. 묵직할 뿐이었다. 그런데 자꾸만 오른손과 팔이 어딘가로 기울어져만 갔다. 허공을 가볍게 날아다니는 종달새의 묵직한 죽음. 봉투를 들고 있는 손과 어깨가 죽음 쪽으로 기울어지는 듯한 느낌은 기분 탓인가. 죽은 종달새를 들고 걷는 동안 잠은 살아 있는 것들의 본능이라는 걸 마음 깊이 느낄 수 있었다. 잠은 살아 있어야 가능한 욕구였다. 그리고 사람들은 온전치 않은 죽음에는 애도를 표하지 않는다. 죽음의 자리에서 영면에 들었다고 편히 쉬라고 고개를 숙인다. 그러니 장례가 필요한 것이겠지. 이별의 시간을 위해. 애도의 시간 위해. 다치고 부패한 신체가 온전히 쉴 수 있는 시간을 위해.

아파트 단지에 들어서자마자 대형 쓰레기통으로 갔다. 매일 치워도 쓰레기 가득 찬 종량제 봉투 더미가 통 밖에까지 쌓여 있었다. 묶은 봉투를 풀어 종달새를 들여다볼까 했지만 용기가 나질 않았다. 봉투를 바닥에 둬보았다. 아무런 움직임이 없었다. 봉투를 한 번 더 묶으며, 새가 푸드득거리고, 봉투가 열리고, 종달새가 날개를 펼쳐 날아가는 상상을 했다. 하늘을 향해 날갯짓하는 종달새의 몸이 점점 커지다가 구름만큼 커져서는 크고 우아한 날개를 퍼덕이며 날아오르는 모습이 그려졌다. 그런 일은 일어나지 않는다. 나는 꿈이 싫어. 새는 내 머릿 속에서 멀리 가지 못하고 날아가려고 날개만 퍼덕였다. 봉투를 쓰레기 더미 틈새로 넣었다.

아파트에 고양이 살거든. 조심해.

잘 가.

뒤돌아섰다. 있는 그대로 살았으니 부디 온전히 부패하기를. 이게 너의 휴식이야. 죽은 동물을 보면 어떤 종족은 먹고 어떤 종족은 장난감 삼아 가지고 놀고 어떤 종족은 무심히 지나치고 어떤 종족은 눈에 띄지 않는 곳으로 치우거나 묻어주고 어떤 종족은 인간사회의 규범대로 종량제 봉투에 담는다. 무엇이 잔인하고 무엇이 온정적이며 무엇이 올바른지 나는 잘 모르겠다. 갓 죽은 동물의 삶은 종료되었고 살아 있는 것들에게 죽어 생을 종료한 몸이 말한다.

여기.

여기서 생긴 그대로 썩어가렴. 나는 내가 슬플 방향으로 갈래. 말을 속으로 내뱉고 일부러 조금 천천히 걸었다. 가와바타 야스나리의 소설 『이즈의 무희』의 마지막 구절이 생각났다.

눈물이 나오는 대로 내버려두었다. 머리가 맑은 물처럼 되어서 그것이 주르르 넘치면, 그 뒤에는 아무것도 남지 않은 듯한 감미로운 쾌감이 내 몸에 스며들고 있었다.

침대에서 흘리는 내가 아닌 모든

식당에는 혼자 식사하는 사람들뿐이다. 20시. 늦은 저녁 식사 시간. 하루를 4시간 남겨두고 어떤 이는 이제야 겨우 오늘의 첫 끼를 먹을 수도 있겠지. 그럴 땐 소주를 곁들이려나. 공작새의 깃털 문양 장식이 화려한 시계를 바라보며 등심 왕돈가스를 기다리고 있다. 테두리가 좀 탔다. 기름을 덜 뺐고. 상관없이 돈가스를 썰어 먹는다. 오늘은 먹어도 먹어도 배고픈 날이다. 냉면을 먹고, 만두를 먹고, 감태에 밥을 싸 먹고도 돌아서니 배가 고프다. 팔뚝을 만져본다. 부었다. 하염없이 허기지는 날에는 돈가스다. 동네의 콩나물국밥집에서 돈가스를 먹는 동안 생리가 시작될 것임을 직감하고, 호르몬의 변화에 수긍하며 돈가스를 썬다.

침대에 누워 밤을 보고 있다가 가랑이 사이의 피를 짐작한다. 아직 아니다. 할 때가 됐는데. 최근에 피를 흘렸던가. 지난주에는 샤워할 때마다 코피를 흘리긴 했다. 체기 때문에 갔던 한의원에서 생리주기가 불규칙하다고 말하니 한의사가 내게 코피를 자주 흘리냐고. 그렇다고 대답했다. 생리 전 호르몬 변화로 몸은 생리주기에 맞춰 붓고 팽창하지만, 자주 흘린 코피 탓에 출혈 없이 지나갈 수도 있다는 것이다. 싫다. 어차피 흘릴 피라면 생리혈로 나왔으면 좋겠는데. 침대에서 흘리는 체액. 자는 동안 몸 밖으로 흘려보내는 피. 자고 일어나 베개에 동그랗게 스며든 코피의 흔적을 보면 늘 같은 생각을 한다. 베개 어떡하지. 이불은 괜찮나. 이불에 생리혈이 묻을 때는 기겁해서 얼른 이불을 뭉쳐 세탁기에 넣는다.

나는 코피를 자주 흘리고 생리를 잘 하지 않는다. 생리주기가 불규칙한 이유는 아무래도 코피 때문인 것 같다. 이비인후과에서는 잦은 코피의 원인을 약한 점막과 비염 탓이라고 했지만 다른 이유가 더 있는 게 분명하다. 초등학교 다닐 때 가을 운동회 율동 연습을 끝까지 해본 적이 없다. 땡볕에 서 있다보면 늘상 코피가 터져버렸기 때문이다. 한번 터지기 시작한 코피는 운동회 연습을 할 때마다 터졌고, 결국 열외자가 되어 나무 그늘이나 구령대 계단에 앉아서 율동 연습이 끝나기를 기다렸다. 운동을 잘하진 못했지만 허약한 체질은 아니었다. 아침 조회시간에는 아무렇지 않았다. 잘 서 있을 수 있었다. 땡볕이 문제였다. 크는 동안 병치레도 하지 않았고 잘 먹고 잘 잤다. 너무 잘 먹은 탓에 초등학교 4학년 때 경도 비만 판정이 나 보건실에서 신체검사를 한 번 더 받기도 했다. 그게 문제였다. 뚱뚱하기까지 한 내가 흐르는 코피를 막으며 학우들 사이를 빠져나오는 것이 무안하고 창피했다. 쌍코피가 터지는 날에는 그 창피함은 두 배로 커졌다.

비만한 몸으로 고개를 젖히고 선생님의 부축을 받으며 운동장을 가로질렀다. 햇볕을 등지고. 보건 선생님은 탈지면을 말아 코끝까지 밀어 넣어 지혈했다. 너무 아팠다. 학년이 바뀔 때마다 가을 운동회 연습을 했고 탈지면은 너무 깊숙이 코로 들어왔다. 율동 연습 도구들이었던 소고며 우산, 부채와 흰색 실내화가 늘 피칠갑이었다. 코피 칠을 잔뜩 한 소고며 부채를 들고 집에 가면 엄마가 세제를 뿌려 지워주었지만 희미하게 얼룩이 남아 있었다.

언제인지 명확하게 기억나진 않지만 운동회 율동 연습을 하던 어떤 해에 뙤약볕 아래서 또 코피가 터졌다. 나는 '읍!' 소리를 냈고 주위의 아이들은 놀라고 또 신나서 '윤유나 코피난다!'라며 선생님을 불렀다. 한 선생님이 다가왔다. 그 선생님은 '코피는 나쁜 피이니 고개를 뒤로 젖히지 말고 바닥을 보며 흘려보내'라고 했다. 땅에 코피를 흘리며 엉거주춤한 채 보건실로 향했던 날. 내 그림자 위로 코피가 뚝뚝 떨어졌다. 그날이었던 것 같다.

보건실 선생님이 탈지면을 타원형으로 말아 코끝
까지 넣은 걸 손으로 슬쩍 빼 코를 대충 막아놓고,
플라타너스 나무 그늘에 앉아 아이들이 운동회 율
동 연습을 하는 모습을 바라본 날.

　　　잎사귀 사이를 벌리고 내리쬐는 빛들
　　　공기 중에 찢어지는 율동 음악 소리
　　　선생님들의 고함
　　　마이크에 대고 말하는 소리
　　　하얀 체육복
　　　아이들의 검은 머리
　　　검은 머리 흩어져
　　　검은 점
　　　눈앞에 검은 태양

　　　기절한 건가.
　　　잠깐 눈을 감았다 떴는데 율동 연습이 끝나
있었다.
　　　그런데 그때의 그 빛과 소리 말이야, 영화나

미술관 영상회에서 본 장면 아닌가. 아니면 내 기억이 바깥의 거울 같은 것에 반사된 건가. 어떤 덧칠이나 대립인가. 경위를 알 수 없지만 지나간 것들은 내 안에서 저마다의 소리를 지니고 있다. 빛, 나무, 길가의 빨대, 누군가의 머리카락 그리고 더 많은 장면들에서 터져 나오는 소리들. 지나간 것들에는 모두 소리가 있고 시선이 있고 통증이 있다. 나는 이런 소리를 '내면의 대화' 혹은 '시 쓰기의 가능성'이라 부르는 것 같다. 그리고 이 소리들은 대체로 목소리에 가깝다.

오늘 낮에 산책하다가 목이 잘린 비둘기 사체를 또 보았다. 지난번에 보았던 아파트 화단 근처였다. 이번엔 배가 하늘을 향해 까뒤집혀 있어서 잘려 나간 부분의 뼈와 핏줄, 가슴쪽의 내장 파먹힌 흔적이 선명하게 보였다. 잘려 나간 머리를 찾으려고 주위를 둘러보다가 혹시라도 잘린 머리를 발견하게 될까 봐 오싹했다. 비둘기 털이 울타리 안쪽과 바깥쪽에 흩어져 있는 게, 고양이가 울타리 바깥쪽에서 새 사냥에 성공하여 울타리 안쪽으로 끌고 들어온 것 같았다. 나는 안도했다. 아주 약간의 확률로 사람을 의심하기도 했지만, 이 일이 고양이의 소행이라서 훼손된 사체가 덜 징그럽게 느껴졌다. 사람이 그랬다면, 참혹하다 못해 죽고 싶었을 것이다. 비둘기의 사체가 훗날 글의 소재로 쓰일지도 모르니 목이 잘린 모습을 자세히 봐두었다. 그리고 사진을 찍었다.

밤에 침대에 누워 생리를 기다리며 코피 이야기를 구성해 보는 일. 꼬리에 꼬리를 물고 이어지는 지나간 시간을 들여다본다. 코피 이야기 끝에 목이 잘린 새의 장면을 덧붙인다. 어떤 시간의 장면은 잠 많은 어린애를 달래고 깨우는 심정으로 바라본다. 마치 닿고 있는 것 같다. 깨워서 가야 할 곳으로 보내야 하는데. 지난 시간을 곱씹는 행위는 가끔 나를 지르밟아, 저 밑바닥에서 자포자기하는 심정으로 옷을 다 벗어던지고 나체로 서 있게 한다. 내 코에서 흘린 피지만 지나간 시간으로부터 흘러나온 것이다. 새의 모습이 선명하지 않다. 내 이야기가 나는 아니다.

　글쓰기에 몰두하기 시작한 해, 쓰고 있는 나를 본 적 있다. 그때 나는 자고 있었고 자는 내가 옆으로 고개를 돌리자 책상에 앉아 글을 쓰고 있는 내가 있었다. 눈을 만져보았다. 눈을 감고 있었다. 종이에 연필로 뭔가를 쓰고 있는 것 같았다. 종이 위로 연필 지나가는 소리가 들렸다. 새벽이었고 해가 뜨기 직전이었다. 푸른 빛이 감도는 방에서 잠든 동시에 글을 쓰고 있었고 글을 쓰는 내 뒷모습을 눈을 감은 채 보고 있었다. 반팔 티셔츠 위에 니트 조끼를 입고 보라색 얇은 치마를 입고 있었다. 등허리를 구부리고 앉아 있었다. 그런 내 모습에 조금 절망했고 조금 벅찼다. 내가 나를 감각하고 있는 게 서늘하고 긴장됐지만 내 뒷모습은 나를 느끼지 못했다. 그런데 그때 보았던 나와, 보고 있던 나는 모두 나인가. 기억은 내가 아니다. 내 것들 또한 내가 아니다. 나였고, 한순간 새였고, 내가 된 사람이었고, 글자였고, 새벽이었으며, 공기였고, 불현듯 목이 잘린 비둘기. 글에서 흘리는, 글로 흘러 들어가는 내가 아닌 모든 내 얘기.

내 이야기는 시와 무관한 사람. 동시에 시가 된 사람. 기억에 사로잡혀 기억에서만 사는 사람. 아무것도 기억하지 못하는 사람. 다른 이의 부분으로 자신을 만든 사람. 다른 사람의 흔적을 모두 지운 사람. 거짓말을 즐겨 하는 사람. 그가 있는 풍경에 나는 없다. 나 자신인 사람. 고독에 싫증이 나 고독한 사람. 자신의 뒷모습을 바라보는 사람. 보지 않는 사람. 모르겠어. 멍청한 사람. 무서운 사람. 각자의 사람. 쓰는 사람. 씀을 보는 사람.

그런 사람은 나의 연속이자 자의식 과잉, 뭐라고 불려도 좋을 나의 작업이다.

삭제하는 마음

입 안 가득 산딸기를 넣으세요
입 안 꽉 차게

친구는 겨울 숲을 걸어왔다 친구가 걸어온 길에
는 학교가 있고 대홍수로 학생들이 우르르 떠다녔
다 헤엄치면 충분히 영리해질 수 있었다 포기하지
않았다면

친구는 겨울 숲의 젖은 나뭇가지를 밟아야 했고
나를 두들겨 헤집어야만 했다

입 안 가득 산딸기
눈물이 줄줄 흐른다

앵두를 주세요

청바지에 피가 스며들고 있었다
생리혈이 무릎까지 흘러내리고 있었다

친구는 202호의 초인종을 눌렀다 친구는 도망
쳤다 친구는 잡힐 수 있었다 충분히 명석해질 수
있었다 이 얘긴 하지 않기로 했는데

참을 수 없는 나를 용서해줄래?
친구야 고멘네 개새끼
고멘네

흰 쥐의 백모 같은 바람, 사라지고 없는 친구
어째서 숲으로 친구를 부르고 말았을까
경찰서에 신고해야 하는 걸까
친구를 찾는 동안 마을 사람들이 모두 떠나갔다

너 없이 내가 잘 살 수 있을까
대답 좀 해봐

입 안 가득 앵두를 넣으세요 입 안 꽉 차게

친구가 있었던 것 같은데 분명히
사라졌던 것 같은데

한 번도 본 적 없는
경치를 보러 가고 싶으세요?

포클레인은 결국 돌아오지 않았다
상관없었다 내 친구들을 만나고 다니기 전까지

지우개는 파라솔을 데리고 해변에 갈 작정으로
트럭에 올랐다
나는 지우개를 가끔 미워하다가
종종 미워하고 콘크리트를 바를 필요까지는 없
었다고
한 커플을 살려두기에 우리는 야멸찼다고
마음에 없는 설교를 늘어놓았다

지우개는 늘 진지한 척이었다
성장과 죽음이 같은 궤도에 있는 줄 알았어
양 끝에서 달려오다 힘껏 부딪히는 거야
어느 한쪽이 죽을 때까지 반복

반복 미련 없이
그렇지만

뇌야, 아직 해변에 앉아 있니
까마귀처럼
지우개와 같이
모래사장에 앉아 석양을 바라보고 있니
너의 모든 내가 밤마다 심심해하는 바람에

지우개가 해를 바라본다
바다 없는 해변에서 태양 없이 해가 진다

아름다운 피부과

살결 너머로 분명 첨벙거렸는데
나는 허우적거렸지

불을 켜뒀잖아
매미가 날아올 것이고

나의 개입이 어째서 자연의 섭리가 아닐 수 있어
어느 날의 행운과 변수를 담아

아주 어여쁘구나, 고스란히야

말은 돌이킬 수 없는 지점에서 진화해
날아가렴, 너의 뜻대로

참 살가운 마음 같은 것이었는데 그것은

그가 자는 동안 나는 휴지로 뭉갠 날벌레의 다
리를 자세히 보았다 맨 윗다리 한 짝을 길게 뻗은
것이 꼭 누군가를 부르는 것 같았다

책을 읽어봐 심호흡을 크게 하던지

뒤척이는 이이
책에서 만나 내가 오래 때린 아이
치명상을 입었고 가끔 이렇게 옆에 와 눕는다

옆방 부부가 사랑을 나눈다

괜찮아?
괜찮아

너에게 줄 수 있는 건 피부뿐이야

피부를 벗고 잘 순 없어

유리 접시에 진주알 굴러다니는 소리가 밤새도
록 들려왔다

죽어가는 경치

모두 잠들었으면 좋겠다
나와 개는 일어난 아침에
나와 개는 비석 사이를 걷는다 그런
냄새

개가 사랑하는 내가 죽을 수 있다
내가 사랑하는 개를 죽일 수 있다 이토록 쉬운
문제
비린내를 맡으면 기분이 어때
말도 안 돼

세탁소에 맡긴 옷가지를 영영 찾아가지 않는
거야
그런 거야
사람 같은 것

사랑 같은 것

길바닥에 쓰러져 썩어가도 상관없어

나의 생활과 너의 잠자리가 나란한 나날

통속극을 보고

미루나무 그림 밑에 앉았다 가는 파리를 보고

눈을 맞춰오는 너에게

그리고

아이가 집으로 찾아왔다. 언제가 현주와 산책하는 길에 따라오길래 같이 한참을 걸었던 아이였다. 그 후로 가끔 현주가 산책하는 시간에 맞춰 아파트 현관에 서 있곤 했는데 이번에는 밖에서 기다리다가 현주가 안 와 집으로 찾아왔다고. 황급히 현주를 들춰 안고 밖으로 나갔다. 엘리베이터에서 마주칠 때마다 꾸벅 인사하고는 현주한테 말을 걸어오는 붙임성 좋은 아이. 아파트 화단을 돌아 공원으로 가는 동안 아이는 현주에 대해 이것저것 묻고 현주를 만지고 싶어했지만 현주는 냄새를 맡

느라 우리가 안중에 없었다. 아이는 지난 산책 때
했던 질문을 그대로 했고 나는 비슷하게 대답했다.

현주는 왜 제가 불러도 무시해요?
냄새 맡느라고요.
무슨 냄새 맡아요?
풀냄새, 흙냄새, 오줌 냄새, 누군가 흘린 음식
냄새
그럼 어떻게 하면 저한테 와요?

대답하려는 차에 아이가 반가워하며 화단에
배를 깔고 앉은 고양이에게 다가갔다. 가까이 다가
가다 흠칫하며 재빨리 내 옆에 와 섰다.

새가 죽었어요.
아이는 다시 고양이 쪽으로 가 새의 모습을
확인했다.
고양이가 새를 죽였나봐요. 내장이 다 보여요.

아이는 인상을 찡그리며 고양이가 새의 머리를 먹은 것 같다고 말했다. 먹진 않았을 거라는 대답을 하려다가 빨리 가자고 재촉하는 현주를 따라 그냥 앞으로 걸었다. 아이는 금세 아무렇지 않은 듯 현주를 불렀다. 무언가 낯설었다. 슬픔은 어디에 있지. 온데간데없이 사라진 슬픔은 어디에 있는 것이지. 분명히 있었던 것 같은데.

공원 문턱에 다다랐을 때 아이가 집에 가보겠다며 왔던 길로 되돌아갔다. 아이는 산책을 그만하고 싶으면 언제나 인사만 남기고 훌쩍 가버렸다.

그리고 현주와 나는 원래 둘만 있었던 것처럼 산책을 한다. 매 순간 움직이고 달라지는 풍경 속을.

새를 치우고 새와 인간을 기억하는 산문을 쓰는 동안 산문 쓰는 일이 접속사 '그리고'를 문장 앞에 투명하게 새기를 일이라는 걸 알게 되었다. 끝없이 이어지는 그리고. 새를 치우는 행위에서 시작한 그리고의 세계 속에서 나는 결국 인간을 관찰하고 생각해 왔던 것 같다. 새라는 언어와 잠이라는 행위가 시적인 한 인간을 구성하고 있다. 옆에 있던 이가 떠나가고 내가 떠나오기도 했던 그는 멈추지 않고 계속 산책하고 있다. 아이가 돌아갔는데도. 혼자 걸으며 인간이 있는 풍경을 기억하며. 그는 인간적인 저항을 하고 인간이라서 가능한 방황을 한다. 새와 잠으로 구성된 그는 인간이라서 쓸 수 있는 글을 쓴다. 당연하게도 그는 단 한 순간도 인간이 아닐 수 없고 자신이 인간이라는 사실을 잊을 수 없다. 그는 나의 이야기. 나의 이야기는 내가 아니다. 나의 이야기는 그리고의 세계 속에서 계속 이어진다. 나와 상관없이 내가 잠든 동안에도.

그러니 잠 앞에 그리고를 붙여본다. 그리고 잠들었어, 그리고 잤다, 그리고 잔다. 임무를 완수했거나 하루를 완료하는 그리고 잠. 새벽 두 시 사십 분. 온 마을이 그리고 잠. 그리고 아침이면 일어나겠지. 그리고 깨지 않는 날이 오겠지.

잠이 오지 않아 뒤척이며 지난 시간을 더듬는다.

재작년 여름, 서윤후 편집자가 원고 청탁을 하면서 시 앞에 '잠'을 붙인 것이 이 책의 시작이다. 꿈이 아니라 잠이라며 '잠과 시'라고 반듯하게 쓴 메일을 보내왔다. 짧은 문장에서 괜히 고집이 느껴져 혼자 웃었는데 놀랍게도 그 고집스러운 한 문장 덕분에 한 권 분량의 '잠과 시'를 쓸 수 있었다. 그리고 어딘가 뭉그러지고 비몽사몽 잠에서 덜 깨 유영하고 있는 원고를 꼼꼼하게 읽고 달래며 교정한 정채영 편집자에게 감사하다. 감사해서 미안한 마음이 들기도 하는데, 모르겠다. 그저 당신들이 있어서 나는 내가 글을 쓰는 사람인 게 좋다. 쓰고 있는 모든 순간이 그랬다.

2024년의 어느 여름날
윤유나

일상시화

잠과 시

1판 1쇄 펴냄 2024년 7월 11일

지은이   윤유나
편집   정채영, 서윤후, 이기리
디자인   한유미, 정유경

펴낸이   손문경
펴낸곳   아침달

출판등록 제2013-000289호
주소 04029 서울시 마포구 양화로7길 83(서교동 480-26) 5층
전화 02-3446-5238
팩스 02-3446-5208
전자우편 achimdalbooks@gmail.com

ⓒ 윤유나, 2024
ISBN 979-11-89467-56-2 03810

책값은 뒤표지에 있습니다.